Knallpfeifen

Die Anthologie 2024

AF280690

Bibliografische Information der Deutschen Nationalbibliothek:
Die Deutsche Nationalbibliothek verzeichnet diese Publikation
in der Deutschen Nationalbibliografie; detaillierte bibliografische
Daten sind im Internet über dnb.dnb.de abrufbar.
Herausgeberin: Edition Dorettes – Sabine-Simmin Rahe
Umschlaggestaltung, Coverfoto und Layout: Sabine-S. Rahe

https://die-dorettes.de
1. Auflage 2024
© 2024 , das Copyright der Texte verbleibt bei den Autoren
Verlag: BoD • Books on Demand GmbH, In de Tarpen 42,
22848 Norderstedt
Druck: Libri Plureos GmbH, Friedensallee 273, 22763 Hamburg
ISBN: 978-3-75977-865-9

EDITION DORETTES
Knallpfeifen – Die Anthologie 2024

Susanne Ulrike Maria Albrecht

Ein Schneebesen oder Schaumschläger

Ein Schneebesen ist gar wundersam
Für Rahm geradezu ideal
Seltsam langsam manchmal
Das Ergebnis: Oft surreal
Ein Schneebesen ist gar wundersam
Seltsam unbiegsam manchmal
Surreal

Ein Schaumschläger ist gar wundersam
Für Leichtgläubige geradezu ideal
Sentimental
Genial manchmal
Einfühlsam
Liefert ohne Scham das Rezept für Kinderkram
Das Ergebnis: Oft surreal
Ein Schaumschläger ist gar wundersam
Seltsam zahm manchmal
Surreal

Knallpfeifen, oh wie sie nerven!

Knallpfeifen, oh wie sie nerven,
Pläne umstoßen, die wir anstreben.
Dumm und neidisch, überheblich gar,
eine Spezies voller Missmut, das ist wahr!

Ihre Worte schrill wie ein Pfiff,
durchdringen die Stille mit ihrem Angriff.
Unwissend, arrogant im Ton,
verderben sie alles mit ihrem Spott und Hohn.

Doch lass uns stark und ruhig sein,
dem Ärger widerstehen allein.
Keine Macht dem dummen Gerede,
für wahres Glück braucht es keine Fehde.

Knallpfeifen, sind überall, wie Schatten im Licht.
Verwirrend und lästig, lachen sie dir ins Gesicht.
Doch in dieser Welt voll bunter Narren,
müssen wir stark sein und ausharren.

Susanne Ulrike Maria Albrecht

Wir feiern euch mit lauter Freud!

Liebe Knallpfeifen, laut und klar,
das ist euer Jahr, ganz wunderbar.
Wir feiern euch mit lauter Freud,
Hurra! Es sei gesagt, es sei gezeigt.

Bunt und fröhlich soll es sein,
mit euch gemeinsam, Hand in Hand allein.
Knallen, lachen, voller Schall,
wir feiern euch, das ist der Fall!

Unsere Wege winden sich durch Zeit und Raum,
im Labyrinth des Lebens finden wir unseren Traum.
Gebogene Pfade, die uns leiten im Leben,
mit Ecken und Kanten, die uns Stärke geben.

Aus Fehlern und Schwächen entsteht oft die Pracht,
und bereitet uns manch schlaflose Nacht.
Kunstvoll verwoben, das Schicksal uns lenkt,
kommt es oft anders, als man denkt.

Geradlinigkeit mag fehlen, an diesem Ort,
doch im Bogen des Lebens finden wir unseren Hort.
So gehen wir voran auf unseren gewundenen Wegen,
auf der Suche nach dem, was uns kann begegnen.

Liebe Knallpfeifen, eines ist sonnenklar, das ist euer Jahr!

Susanne Ulrike Maria Albrecht

hat bereits zahlreiche Werke veröffentlicht und wurde mehrfach ausgezeichnet. Beim vierten internationalen Wettbewerb „Märchen heute" belegte sie den ersten Platz.

Peggy Arnold

Welch ein Gezwitscher

Rohrbackenpfeifdrüslinge stelzen durch die weite Welt
Machen und tun, was nur ihnen gefällt
Die Nase hoch – der Blick reicht kurz
Erpicht auf den nächsten Umsturz

Vorher eilender Gehorsam treibt so manchen an
Von Vorteil bleibt sein Umfeld artig, lieb und zahm
Wer unter deren Schwingen gerät
Für den hat selbst der Hahn ein letztes Mal gekräht

Und wenn der Lenz die Ampel auf Grün umstellt
Da recken sich ganz frisch die Hälse
Geboren ist ne weitere Art
Die gemeine Birkenstelze

Bereit, vereint nun alles zu geben
Um niederzustrecken anderes Leben
Bedächtig und auf sich bezogen
Wird mit zwitschernder Stimme
Neidvoll betrogen und gelogen

Peggy Arnold

1980 geboren in Leipzig, wo sie bis heute lebt.
Als Autorin und Musikerin (Katzengejammer in Moll) hat
sie bereits ein Lyrikbuch mit dem Titel: „Gedankenwirkung"
veröffentlicht sowie zahlreiche, deutschsprachige Lieder im
Gepäck.
Im Handwerk ausgebildet war sie als Stuckateurin tätig, setzt
sich nunmehr auch, autodidaktisch im freiberuflichen Bereich
zum Ziel, nicht nur dem inneren Kind friedvoll zu begegnen.
Wenn jenes auch immer als streitbar erscheint.
Viele Texte sollen somit ausdrücklich zum Nachdenken an-
regen.
Sie wagt den Versuch, verschiedene Perspektiven des täglichen
Lebens, der Politik, der Liebe und des damit verbundenen
Wahnsinns, zu beleuchten.
Ebenso erwünscht sich die Autorin eine Brücke zu erschaffen
auf der ein respektvoller Austausch stattfinden kann.
Menschen dürfen sich angesprochen fühlen, vielleicht wieder,
zueinander zu finden um, zuversichtlich, der Zersplitterung in
der Gesellschaft entgegen zu wirken.

Marlies Blauth

Labor

Ein Pflänzchen in uns
– Seelenfrieden –
ist längst verlebt.
Gedankenschutt ließ
Carnivoren daraus werden.
In bleichgezupfte Embryonen
vom Mutterwesen abgerissen
wird Wucht gespritzt.
Wenn sie verzweifelt-gierig klimmen
und hungrig an die Glaszylinder schlagen,
erscheint der Bändiger,
zählt ihre Gene
und sortiert.

Im Nebenraum der Stirn
bringt er auch uns zum Schweigen,
indem er Wortgeschwülste implantiert,
die Tür zweimal verschließt
und geht.

es ist nicht so einfach

das Widerliche marschiert mitunter
im strammen Takt neben mir
und gibt mir Hass zu fressen

auf meine weiße Fahne schmiert es mir Blut
skandiert: muss sein!
zieht eine Erklärung aus seiner Tasche
die nach Gerechtigkeit klingt
und schreit

ich scheuche das Schreckliche fort
erkenne – wie jedesmal –
dass ich nicht weiß
wie Frieden geht

oder kommt

Marlies Blauth

das Gleichnis

vom verlorenen Sohn

über dem schlafenden Rosengarten
am Grauhimmel: Wildgänse

rikk-rökk – rikk-rökk

Stachelrispen und Haspelknospen

wenn du wiederkommst
gibt es Champagnersorbet
es dauert nicht lange –
ich hole Limetten Läuterzucker
und frage nichts
schäumendes sprudelndes Glück
will keine Satzzeichen haben

was du zurückgelassen
hab ich gehütet
entstaubt und gepflegt: meine Liebe
hab den geballten Trotz weggekickt
in deine blaue Decke dann
doch nicht hineingeweint –
schilfernde Patina
ist nur eine späte Häutung

darunter liegt rotgewandetes Leben
fließend-Türkis
Zitronenmelisse
perlendes Lachen

komm –

Kühlraum

Sonnenflecken –
du scheuchst sie hinaus
wie Insekten.
meine Finger fühlen
pelziges Eis auf
deinen Ausrufezeichen;
ich möchte sie abrunden
heraushäuten
was wir zum Leben brauchen.
ich kehre um –
dein Handbesen fällt
hallend auf kalten Boden.

Marlies Blauth

auf der Bühne

sei eine Herbstblume
sagt man mir
transparent weiß
wenn die Tage gezählt sind
mein Rückgrat
– gekrümmt in die Waagerechte –
braucht einen Stuhl als Stütze
den bringt man mir
mit ungleichen Beinen
Unsicherheit
willst du schon wieder einen Thron?
nichts ist dir gut genug
wir kennen das
eine Dame von Welt tritt auf
zieht mir am Haar
dem schütteren blond colorierten
du wolltest immer nur deine Maßstäbe –
dein Zerrspiegel war unerträglich!
kommt der Reiche dazu:
fröhlich warst du und elegant
früher –
jetzt: ein Elend
ich mag's nicht sehen (geht ab)
die Dame bleibt
nickt
ein Künstler: *eigentlich* –
ha-ha-ha schrillen Stimmen

ungeordnet und hallend
du schenkst mir ein Königskleid
aus dem Bühnenvorhang –
das Nikotin im Samt
ist so alt wie mein Leben
in die Säume hast du
herausgerissene Herzen genäht
nun sage ich meinen Text
ohne dein Kleid wäre ich
nackt

Marlies Blauth

geb. 1957 in Dortmund, lebt und arbeitet in Meerbusch
bei Düsseldorf; Lyrikerin und Künstlerin (Studium Kunst,
Biologie, Kommunikationsdesign). Mitglied u. a. bei der
GEDOK und beim VS. Veröffentlichungen in zahlreichen
Anthologien und Zeitschriften, vier eigene Lyrikbände,
zuletzt „Bilder aus Kohlenstaub", Oberhausen 2021, und
„morgens ein Atemzug Winter", Dortmund 2024.

Helmut Blepp

Sie wanken und fliehn

Wie meist besteht die Fußstreife auch an diesem Abend aus einem jungen und einem älteren Beamten, heute Michler und Prokop. Ihnen fällt der sich unsicher bewegende Mann auf dem Gehsteig sofort auf. Eine hilflose Person, denkt der junge Polizist; Ein Suffkopp, der ältere. Sie gehen auf ihn zu, und als er ins Licht tritt, stellen sie fest, dass sein linkes Auge zugeschwollen ist. Er hat aus der Nase geblutet. An Mund und Kinn ist das Blut bereits getrocknet. Seine Hemdbrust ist ebenfalls damit befleckt.

Prokop, der ältere, übernimmt das Reden.

„Na, was ist Ihnen denn passiert? Brauchen Sie einen Arzt?"

„Nee, verdammt" winkt der Mann ab. „Ich will Anzeige erstatten."

Auf dem Revier ist um diese Zeit noch nicht viel los. Olsen, der Schichtleiter, sitzt gelangweilt vor seinem Computerbildschirm. Wenig begeistert schaut er auf, als das Trio eintritt.

„Wen habt ihr denn da? Passt bloß auf, dass der hier nichts versaut!"

„Wir haben ihn auf der Straße gefunden", meldet Michler eifrig. „Herr...?" Er sieht den Mann fragend an.

„Graubold" antwortet der. „Heinz Graubold."

„Herr Graubold wurde offenbar geschlagen", fährt Michler fort. „Er möchte das anzeigen."

„Dann muss er warten."

Olsen deutet auf eine Reihe von leeren Stühlen vor dem Schalter.

„Ihr habt euch erst noch um andere Herrschaften zu küm-

16

mern. Die haben ältere Rechte. Michler, Du bemühst dich um die Dame im Besprechungsraum 1, und du, Willi, bist ganz nett zu dem Herrn Krämer in Raum 2."

Michler freut sich über die Aufgabe, Prokop brummt etwas Unverständliches und verdrückt sich unwillig.

Michler schaut auf den Bildschirm. Wenigstens die persönlichen Daten der Frau hat Olsen aufgenommen. Erna Mertens, sechsundfünfzig, aus dem Viertel.

„Frau Mertens, wie kann ich Ihnen helfen?"

„Verhaften Sie das Schwein!"

„Bitte, wen sollen wir festnehmen? Und warum?"

„Den Wüstling im `Freistoß´, der mich auf dem Klo überfallen hat."

„Hat der Mann Sie verletzt?"

„Nur meinen Stolz. Aber nun machen Sie mal los! Vielleicht liegt der noch dort."

„Moment mal! Sie sagen, der Angreifer liegt auf der Toilette dieses Lokals. Warum nehmen Sie das an?"

„Weil ich eine wehrhafte Person bin und ihn dort auf die Bretter geschickt habe."

Sie schüttelt demonstrativ ihre Handtasche, in der es deutlich klirrt.

„Was haben Sie da drin?"

„Nur ein paar kleine Feiglinge, Sie verstehen!"

Sie zwinkert ihm zu. Er ist irritiert, doch bevor er weiter fragen kann, fährt Frau Mertens fort.

„Wissen Sie, das war so: heute ist doch Samstag. Also habe ich geduscht. Und nachdem ich aus der Wanne gestiegen und am Abfrottieren bin, da kriege ich plötzlich einen Heißhunger. Ein Jumbo-Döner wäre jetzt prima, denke ich. Und so werfe ich den Mantel über und gehe los zum Döner-Yazi."

„Verstehe ich das richtig", unterbricht Michler. „Sie sind nackt unter diesem Mantel?"

„Mensch, hätte ich mich vielleicht aufbrezeln sollen für die paar Meter zum Eck, wo Yazi seine Bude hat!"

„Schon gut" beschwichtigt Michler sie. „Aber wie kamen Sie in den ` Freistoß ´, wenn Sie doch nur einen Döner wollten?"

„Ich war ja schon auf dem Weg, wie gesagt. Aber dann hörte ich aus der Kneipe den blonden Hans singen. ` Auf, Matrosen, ohe ´, werden Sie auch kennen. Wunderschön. Ich also da rein. Hinter der Theke stand Scholle, und der macht ein leckeres Amer-Bier. Französischer Kräuterlikör und Zitronensirup mit Bier aufgefüllt. Nach dem Umrühren sieht das aus wie gequirlte Kacke, aber da geh ich für."

Ihr Gesicht nimmt einen verträumten Ausdruck an. Dann fährt sie fort.

„Ich nippe gerade so an meinem Glas und höre mir das Lied an, da kommt die Stelle, wo es heißt ` Einmal muss es vorbei sein ´, und es kam einfach über mich. Ich habe mich geschüttelt vor Rührung. Dabei ist mir das schöne Amer-Bier übern Mantel geschwappt. Ich also aufs Klo, um das gleich auszuwaschen. Und gerade bin ich da zu Gange, stürzt doch dieser Wüstling herein. Ein Schrei, ein Schlag mit der Tasche. Der Kerl sackt zusammen. Ich den nassen Mantel über und nix wie ab."

„Hatten Sie den Mantel zum Reinigen etwa ausgezogen?"

„Natürlich. Oder hätte ich mich ins Handwaschbecken legen
sollen?"

Aus purer Langeweile wendet sich Olsen dann doch Herrn
Graubold zu.
„Wer hat Sie denn so zugerichtet?"
„Keine Ahnung! Ich war nur auf ein Bier im `Freistoß´. Da
war ein Typ, der hat in der Musicbox ständig `La Paloma´
gewählt, einmal von Hans Albers, einmal von Freddy, dann
wieder von Hans Albers. Bisschen irre, aber ich mag das Lied,
besonders die Version von Freddy."
„Singt er da nicht Spanisch am Anfang", gibt sich Olsen sach-
kundig.
„Richtig! Ich saß also auf einem Barhocker und ging ganz in
der Musik auf, doch nach dem fünften Glas hat die Natur
ihren Tribut gefordert und mich auf die Toilette getrieben.
Dort habe ich kaum die Tür geöffnet, da ertönt ein Schrei,
und mich trifft ein fürchterlicher Schlag ins Gesicht. Ich bin
sofort weg vom Fenster gewesen. Als ich wieder zu mir gekommen bin, war keiner mehr da."
„Wurden Sie bestohlen?"
„Nee, nur gehauen."

Feiner Pinkel, denkt Prokop. Anzug mit Weste. Seidenkra-
watte. Siegelring. Was will der denn auf dem Kiez?
„Also, worum geht es", kommt er gleich zur Sache.
„Ich möchte eine tollwütige Exhibitionistin melden."
Prokop lacht. Warum kriege immer ich die Bekloppten, denkt

er und entgegnet:

„Ihnen ist aber schon klar, dass wir hier in einem Vergnügungsviertel sind. Hier wimmelt es von ... Exhibitionistinnen. Die hüpfen in jeder Bar über Bühnen oder wickeln sich um Stangen."

„Solche Damen meine ich nicht", sagt Herr Krämer verärgert. „Mir hat eine nackte Verrückte auf der Toilette aufgelauert, und vor ihr lag einer, den sie schon erwischt hatte."

„Und wo war das?"

„In einem Lokal, das sich `Freistoß´ nennt."

„Die Kaschemme kenne ich", bemerkt Prokop abschätzig. „Wie hat es jemanden wie Sie dahin verschlagen, wenn ich fragen darf?"

„Zufall. Ich bin Steuerberater und habe einen wichtigen Klienten besucht, der unter der Woche keine Zeit hatte. Anschließend, ich war schon auf dem Weg zum Parkplatz, hörte ich plötzlich den alten Schlager von der weißen Taube, und betrat spontan das Lokal, aus dem diese Musik erklang. Ich bestellte einen Aquavit, hörte mir Hans Albers an und verfiel, muss ich gestehen, in eine ganz merkwürdige Stimmung. Als das Lied zu Ende war, ging ich tatsächlich zu der Jukebox, um es noch einmal anzuhören. Da stellte ich fest, dass sie zwei Versionen von `La Paloma´ enthielt. Ich wählte beide mehrmals, und ging dann jedes Mal zurück zur Theke, um noch ein Gläschen zu bestellen. Irgendwie verlor ich durch die Musik aber jedes Zeitgefühl, bis ich letztlich doch ein menschliches Bedürfnis verspürte und die Toilette aufsuchte ..."

„... wo Sie auf die gewalttätige Exhibitionistin stießen", vollendet Prokop den Satz.

„Wir werden uns sofort um die Angelegenheit kümmern",
versichert Michler Frau Mertens und bugsiert sie möglichst
zuvorkommend in Richtung Ausgang. Dort steht Olsen mit
dem unglücklichen Herrn Graubold.

Als Frau Mertens diesen erkennt, schreit sie hysterisch: „Der
Wüstling", und will schon mit geschwungener Handtasche
auf ihn losgehen, da packt Michler beherzt zu, um sie davon
abzuhalten.

„Was soll das", brüllt jetzt Olsen, während sich Herr Graubold
hinter ihm versteckt.

„Der Kerl wollte mir an die Wäsche", rechtfertigt sich Frau
Mertens, was Michler veranlasst festzustellen: „Aber Sie
tragen doch gar keine."

„Sind Sie auch noch Komiker", entrüstet sie sich.

Durch den Lärm alarmiert, kommt nun auch Prokop aus
dem Besprechungsraum, Herrn Krämer im Schlepptau. Als
dieser Frau Mertens ansichtig wird, ruft er aufgebracht: „Die
Exhibitionistin!"

„Ich bin unschuldig", wirft nun Herr Graubold ein. „Ich
wurde niedergeschlagen, obwohl ich nur mal aufs Klo wollte."

„Aufs Damenklo", empört sich Frau Mertens, und macht
schon wieder Anstalten, auf ihn loszugehen.

Da tritt Prokop entschlossen dazwischen und sagt ruhig:
„Nun mal halblang, ja. Hier häufen sich offenbar die Missver-
ständnisse. Zufällig weiß ich mit Sicherheit, dass der ` Frei-
stoß ´ nur eine Toilette hat. Unisex heißt das Neudeutsch."

„Nur eine Toilette", staunt Frau Mertens. „Dann wollte der
womöglich …". Sie deutet auf Herrn Graubold.

„… wirklich nur pinkeln", beteuert dieser.

„Schön. Dann wäre das wohl geklärt", stellt Prokop fest, doch da bringt sich Herr Krämer in Erinnerung.

„Aber warum war die überhaupt nackt", fragt er anklagend.

„Weil ich meinen Mantel auswaschen wollte ... auf dem Damenklo, wie ich dachte."

„Aber ..."

„Fragen Sie nicht weiter", schneidet Michler ihm das Wort ab. „Glauben Sie mir, Sie wollen es gar nicht wissen."

„So", ergreift nun Olsen lautstark die Initiative. „Möchte jetzt noch irgendjemand irgendwas anzeigen?"

Beklommenes Schweigen allerseits.

„Gut! Dann aber raus hier. Ich will Ruhe in der Dienststelle."

Unversehens stehen Frau Mertens, Herr Graubold und Herr Krämer auf der Straße vorm Revier. Betreten schauen sie sich an.

„Tut's noch weh", fragt dann Frau Mertens schuldbewusst.

„Nee", antwortet Herr Graubold. „Aber jetzt brauche ich etwas zum Trinken."

„Darf ich Sie auf ein Amer-Bier einladen?"

„Wenn wir das Amer weglassen können, gerne."

„Und was ist mit Ihnen? Kommen Sie auch mit?"

Herr Krämer nickt.

„Warum nicht!"

Die Herren nehmen Frau Mertens galant in die Mitte und laufen los Richtung ˋFreistoßˊ.

„Falle ich einst zum Raube empörten Meer ...", hebt Herr Graubold an, und die anderen stimmen ein: „... fliegt eine weiße Taube zu dir hierher

Salute imposante

Natürlich ist er am letzten Schluck erstickt
ein perfekter Abgang
hechelnd auf dem Rücken
die Nutte noch aufgepfropft
perfektes Timing wie auch sonst
wenn er den Joker aus dem Ärmel zog
die Papiere des Maserati kassierte
und mit einem Chianti nachspülte
bevor er arschwackelnd verschwand

–

Einstellungstest

Gewiss ist die Stelle noch ausgeschrieben (S-T-E-L-L-E)
kreuzen Sie einfach alle Antworten an
(was kann schon falsch sein angesichts des Zustands des Ge-
meinderasens)
aber bitte keine Abschreibungen bei den Mitbewerbern
(kleiner Scherz)

Absagen an Schwerbehinderte fielen künftig (schwer) in Ihre
Verantwortung
ebenso die Stufenvertretung der Treppe zum Standesamt

Die Vergütung erfolgt in Güte und in Umschlägen klein-
scheinig zum Monatsende
Zuschläge werden ausschließlich vom direkten Vorgesetzten
verabreicht (selten)

Helmut Blepp

Bislang werden bei uns nur Frauen und Männer benachteiligt
(kein Scherz)
doch wir erwarten noch diverse Zuweisungen gemäß Haus-
haltsplan

Bürgernähe während der Öffnungszeiten wird nicht gern
gesehen
Schlüssel für die Toiletten werden unter Vorbehalt erteilt

Die offenen Vorgänge Ihrer Vorgänger gehen vor (nach
Statut)
aber die beste Ablage sind immer noch die Hände im Schoß
(ernsthaft)
das ist alles nur eine Frage der Einstellung

Im Café Journal

Frauen die ihre Hunde küssen
machen Männer einsam

Verzweifelt rühren die in ihren Tassen
aber die Sehnsucht löst sich nicht auf
wie der viele Zucker im Kaffee

Nur die Stärksten von ihnen
erinnern sich dann lächelnd daran
dass dieser Köter grad vorhin unterm Tisch
noch ausgiebig sein Arschloch geleckt hat

Hinweise der Verwaltung

Solange noch ein Siegel übrig ist, nehmen wir gerne Ihre
Anträge zu den üblichen Bürostunden in der Zeit zwischen
Büroschlaf und Burnout entgegen.
Mit dem Portier ist nicht zu spaßen. Er ist versehrt im offenen
Vollzug und von Amts wegen übellaunig trotz hochprozen-
tigem Schuss im Tee.
Das Gruppenbild im Foyer stammt von der letzten Betriebs-
feier. Die darauf abgebildete Hydrokultur stinkt immer noch
nach enthemmter Dienststellenleitung und steht jetzt im
Souterrain.

Helmut Blepp

Verzichten Sie tunlichst auf Durchschläge vom zuständigen Begattungsamt. Auch notariell entlaubt dienen sie kaum der Wahrheitsbindung.

Aus gegebenem Ablass müssen wir ausdrücklich darauf hinweisen, dass der Aufruf Ihrer Nummer keine erhöhten Gewinnchancen nach sich zieht. Der Rettungsweg ist abgeschlossen.

Dienstaufsichtsbeschwerden sind an die zuständigen Beamten zu richten. Ihre Ausrüstung umfasst Schutzhandschuhe für den Schredder.

Bitte keine Banknoten auf den Tisch. Schaumküsse werden nicht geahndet, aber der Dienstherr besteht auf Teilhabe zur persönlichen Grundsicherung.

Die Arbeitslosen hinter den offenen Türen besetzen reformbedingt die Fensterplätze, aus humanitären Gründen ohne Jalousien. Da sollte niemand zu weit denken.

Die Daseinsvorsorge für Gewerbe- und Hundesteuer ist unsere Passion. Bei Fristverfall werden wir menschlich.

Hochamtlich, Ihr öffentliches Team

50 Ausländerfeinde

Für Klaus sind das alles Kanacken. Franz will keine Moscheen. Jörg weiß, was man da machen müsste. Alex möchte für die keine Steuern zahlen. Anton hat schon mal einen gesehen. Else fürchtet sich vor den Bärten. Karl meint, dass die Politik Schuld hat. Für Eberhard müssten die alle weg. Herbert würde es selber machen. Ingrid traut sich abends nicht mehr. Hilde traut sich tagsüber nicht mehr. Ferdi ist Wutbürger.

Volker ist das Volk. Mario macht da keinen Unterschied.
Wenn es nach Manfred ginge. Anni sieht sie sogar in der
Schule. Emma jeden Tag vorm Supermarkt. Eugen hat gar
keinen Bock mehr aufs Amt. Sogar bei Kevin in der Mann-
schaft. Gerda hat schon ganz junge beobachtet. Und wenn
Friedrich dafür in den Knast ginge. Früher war für alles
besser. Für Siggi haben die Glatzen doch recht. Walter hätte
nie geglaubt. Günther hat es schon immer gewusst. Sieglinde
will mehr Geld. Alfred hat Angst um seinen Job. Theo schiebt
voll den Hass. Ursel steigt nicht mehr in die Tram. Und
dann würde Hermann auf alle Fälle. Bertram geht auf jede
Demo. Für Björn sind die nicht vergleichbar. Andreas will
sich Deutschland zurückholen. Heiner würde gleich an der
Grenze. Jupp reicht die Stütze nicht. Sonja wird doch noch
sagen dürfen. Albert bräuchte keine Polizei. Aber ihr frisches
Obst findet Christoph gut. Markus ist kein Nazi. Hans gibt
doch nur zu bedenken. Rudi muss Bürgergeld. Bei Wolfgang
gibt es kein Vertun. Silke scheißt aufs Grundgesetz. Heinrich
wird von der Presse belogen. Edgar will das Abendland retten.
Elke würde nie mehr einen heiraten. Egon will nicht das Welt-
sozialamt sein. Wulle geht sie klatschen. Frank ist doch auch
nur ein Mensch. Otto hat eigentlich gar nichts gegen die.

Helmut Blepp

* 1959 in Mannheim; studierte Germanistik und politische Wissen-
schaften; selbstständiger Trainer & Berater (Arbeitsrecht); lebt in
Lampertheim; vier Lyrikbände, zahlreiche Veröffentlichungen in
Anthologien und Zeitschriften; Mitglied Gesellschaft für zeitgenös-
sische Lyrik e.V., Joachim Ringelnatz-Verein e. V., Gruppe 48 e. V.

Ruth Forschbach

Das Schmuckstück

Es war alles besprochen.

Nur noch den alten Leder-Koffer, randvoll mit Erinnerungen und entsprechend schwer, wollte ich bei Christian abholen.

Verabredet war, dass Uschka, unsere langjährige Freundin aus besseren Tagen, beim Zusammentreffen dabei sein sollte.

Als ich in der Dämmerung klingelte, öffnete sie die Haustür.

Im - ehemals gemeinsamen - Wohnzimmer saßen Christian und seine neue Flamme in selbstgefälliger Bräsigkeit auf dem schwarzen Ledersofa.

Mit einem hilflosen ich-weiß-nicht-was-ich-sagen-soll-Blick deutete Christian wortlos auf den mittig im Zimmer platzierten Koffer.

Die Neuflamme blätterte gelangweilt in einem Hochglanzmagazin, ohne ihren Blick zu haben.

Wortlos schnappte ich mir den Koffer, drehte wieder zur Tür.

Wie Pistolenschüsse knallten die gespitzten Absätze aufs Parkett. Zeitgleich mit dem RUMS, mit der die Haustür hinter mir ins Schloss fiel, schoss das unberechenbare Biest, die blinde Wut, durch meinen Körper.

„Erschießen, alle beide, aber womit? Pistole - keine dabei! Nie besessen!

Miststücke!!", schrie es in mir.

Ungezähmt übernahm das Biest das Kommando über meinen Verstand. Rücksichtslose Vergeltung, gnadenlose Rache, forderte es. Sofort!

Zurückgehen, an die Tür hämmern, gallige Tiraden loslassen, meine Stöckelschuhe auf ihre Köpfe schlagen, die Nachbarschaft zusammen-brüllen?

Da sah ich IHN!
Durch den dichten Zornnebel in meinem Kopf, brennglas-
klar:
Seinen knallroten MAZDA RX 7 Wankelmotor, Cabrio.
Einer der letzten seiner Art, einer von 200, ein Veteran.
Ein Schmuckstück, SEIN Schmuckstück!
Meine rechte Hand griff in meine Rocktasche, zog den
Schlüssel heraus. In dem Moment, als ich das Metall ansetzen
und über den Lack ziehen wollte, öffnete Uschka die Haustür,
lief ein paar Schritte auf mich
zu und rief:
„Gut gemacht! Haltung bewahrt! Wir telefonieren später!"

Melancholiker, latent heiter

Melancholiker mit latent heiterem Gemüt

anstrengend kurzer Zündschnur

übt den Spagat zwischen

in die Luft gehen und gleichmütigem Schulterzucken

Trainingsrückstand

Ruth Forschbach

geb.1957 in Köln, lebt in Frechen. Studium Betriebswirt-
schaft/Personalmanagement, Kommunikationspsychologie.
Neben der schriftstellerischen Tätigkeit ist sie im Veranstal-
tungsmanagement tätig. Drei (Einzel-)Veröffentlichungen
und in diversen Magazinen, Zeitschriften und Anthologien.
Mitglied: Autorenkreis Rhein-Erft, Gesell. f. zeitgen. Lyrik,
Netzwerk Lyrik e.V.

Peter Knopf

Knallpfeife

In einer stillen Mondnacht klar,
ertönt ein kleiner Knall ganz nah.
Ein Pfeifen hallt durch Dorf und Feld,
ein Rätsel, das den Schlaf vergällt.

Der Pfeifenknall, so laut wie klein,
verbreitet Lärm - wie kann das sein?
Ein Spaßgerät, vom Kind geliebt,
doch mancher Nachbar wird betrübt.

Der kleine Schelm im nächt'gen Spiel,
zieht durch die Gassen schnell und viel.
Mit jedem Pfiff und jedem Knall
vervielfacht sich der Rauch mit Schall.

Die Sterne funkeln, lachen weise,
die Eule ruht, die Maus bleibt leise.
Doch auf den Straßen, das ist klar,
sind weder Ruh' noch Frieden da.

So wisset, wer den Pfeifen folgt,
dass Lachen oft die Nacht durchrollt.
Ein bisschen Lärm zur Abendzeit,
bringt manchmal auch ein Fünkchen Freud'.

Doch ach, der Morgen graut schon bald,
der Pfeifenklang wird dumpf und kalt.
Die Nacht vergeht, der Tag erwacht,
Vorbei die Ruhe jener Nacht.

Peter Knopf

Ü50, Vater zweier Kinder und dreifacher Opa, ist von Beruf
Ingenieur. Den Sinn des Lebens findet er darin, physikalische
Gesetze des Universums mit Freiheit und Grenzenlosigkeit
des menschlichen Geistes in Einklang zu bringen.
Humor und Gelassenheit sind für ihn Schlüssel zur Lebens-
kunst

Jörg Krüger

Zeitgeister

Wir haben viele Probleme mit Probleme-Haben
Und leben in Beziehungskisten aus Beton,
Und damit wir uns im Leid nicht so vergraben,
Blüht ein Biotop auf unserem Balkon.

Wir werden oftmals melancholisch,
Wenn diese böse Welt an unser Fenster klopft.
Wir wollten dann, wir wären doch katholisch,
Und dass der liebe Gott dies Loch in unserm Leben stopft.

Unser Gutes, Schönes ist die Ware,
Wir lächeln alle Zeit, wir sind so nett.
Hängt die Seele einmal schief, dann besuchen wir Seminare
Und tanzen Therapie-Ballett.

Wir goutieren kandierte Gefühle,
Uns fallen von so viel Zuckerzeug die Zähne aus,
Auch so erzieht man Lämmer, die in der ersten Kühle
Ihre Wolle tragen ihrem Herrn ins Haus.

Zeitgeister, revisited

Sie rufen überall und schnell und laut: „Selber denken!"
doch denke ich dann selbst,
das heißt meist: nicht so wie sie,
dann ist es ihnen auch nicht recht,
da kann ich mir Gespräche über Vieles schenken,
ich weiß noch nichts, ich denke noch darüber nach,

ich will doch niemanden kränken,
auch wenn ich nur verlegen lach,
irgendetwas ist da schief,
sie tun so friedlich, sind doch aggressiv,
wenn auch gut getarnt,
doch meine inn´re Stimme warnt:
Ein Unausgesprochen, das kaum greifbar ist
und doch an der Atmosphäre frisst.

Sie brauchen einen Feind als Ziel
ihrer Gedanken,
und wenn ich widerspreche, dann bin ich es,
gehöre zu ihren Feinden dann dazu,
sie weisen andere in ihre Schranken,
doch ihre Beschränktheit ist so offenbar,
nur lassen sie keine Ruh.

Nun ist es so,
dass ich nicht zu schnellen Schlüssen neige
und angesichts dieser Beredsamkeit
doch lieber schweige.
Ich bin trotzdem frohen Mutes:
Ein Spaziergang im Wald hat auch sein Gutes.

Dingefinder Jörg Krüger,

Jahrgang 57, Gärtner, Pädagoge, Dichter, Musiker; wohnt seit
mittlerweile 10 Jahren im Künstler- und Töpferdorf Fredelsloh am
Solling. Schreibender seit dem 15. Lebensjahr, vorzugsweise Lyrik.
Außerdem Veranstalter der Reihe „Texte und Töne in Fredelsloh"

Kiki T. Lee

Die Fruchtfliegenfalle

Anna schob ihr Fahrrad auf dem schmalen Gehsteig an der Hauptstraße entlang. Im Rinnstein lag schon wieder eine tote Amsel. Eben hatte sie unten bei der Poststelle Nachschub geholt, die Taschen waren prall gefüllt.

Hier lohnte es sich nicht, aufzusteigen, denn die Häuser standen mit langgezogenen, engen Gärten dazwischen dicht an dicht.

Unten am Christen-Haus lehnte sie den Drahtesel an den grüngestrichenen Holzzaun und kramte nach dem Einschreiben, für welches sie eine Unterschrift benötigte. Da konnte sie die restliche Post gleich mitnehmen. Ganz normale Briefe waren ihr am liebsten. Rauskramen, einwerfen und weiter.

Flink huschte sie die Treppe nach oben. Marias Garten war der farbenprächtigste in der Gegend. Rosen, Tulpen, Nelken, Rhododendren, Chrysanthemen, Stiefmütterchen, Veilchen. Komisch. Sogar die Frühlingsblumen blühten hier den ganzen Sommer über. Anna blieb kurz stehen und schnupperte. Dann lief sie weiter und gelangte mit jedem Schritt in eine neue Duftwolke. Das muss doch irrsinnig viel Arbeit machen, dachte sie. Das Merkwürdige war, dass sie die Hausfrau nie werkeln sah. „Bestimmt macht sie das am frühen Abend, wenn es nicht mehr so heiß ist", murmelte Anna und legte einen Zahn zu.

Oben bog sie rechts ab, lief die wenigen Meter bis zur Haustüre und läutete. Als die Türe aufging, stand plötzlich das Familienoberhaupt vor ihr, Vater Jakob. Normalerweise öffnete immer Maria. Jakob strahlte sie an und winkte sie herein. Anna grüßte und sagte freundlich: „Ich brauche nur eine Unterschrift."

„Nein, nein", sagte er frohgelaunt. „Heute ist mein Geburtstag. Hereinspaziert, isst mit uns zu Mittach. So viel Zeit muss sein, oder?

Komm!"

Anna zögerte. Aus der Küche hörte sie Maria rufen: „Wer isses denn?"

Jakob drehte sich kurz weg, rief zurück: „Die Anna. Geh zu Maria, deckst einen Teller mehr auf."

Christens waren bekannt für ihre Gastfreundschaft und Jakob ließ ihr an seinem Ehrentag keine Wahl. Nur weil Anna nicht unhöflich sein wollte, trat sie in den dunklen Hausflur und schlüpfte aus den Schuhen.

Maria spitzte freundlich aus der dampfenden Küche. „Die kannst anlass."

Anna schüttelte den Kopf und tapste auf Strümpfen durch die Küche, von wo aus sie der Vater ins Esszimmer begleitete. Dort saßen an zwei langen, weiß gedeckten Tafeln alle Söhne mit ihren Ehefrauen, dreizehn Enkelkinder nebst Tanten, Onkel, Cousinen und Cousins. Die schauten ihr freundlich entgegen, grüßten, rutschten. Jakob zeigte auf den Platz neben den einzigen unverheirateten Sohn, dessen Spitzname früher Karpfen war. In Wirklichkeit hieß er Sebastian. Er grinste sie verlegen an. Anna setzte sich. Nie hatte sie mit so einer großen Familie gespeist. Sie war mit der Mutter aufgewachsen, hatte ihren Vater nie kennengelernt.

Auf den Tafeln prangten zig bis zum Bersten gefüllte Schüsseln und Platten. Es roch köstlich und gab von allem mehrerlei. Eine klare und eine Cremesuppe mit selbstgemachten Croutons. Klöße und Nudeln. Wirsing und Rotkohl. Tomatensalat und Gurkensalat. Hühnerbeine und Rindfleisch. Eine helle und eine dunkle Soße.

Alle waren da, nur Maria fehlte noch. Anna sah sich um. Auf den Fensterbrettern blühten Orchideen in allen Farben. Am Kopf der Tafel, über dem Vater, bedeckte ein dunkles Holzkreuz die altmodische Blümchentapete. Jakob sprach sie an. „Was mogstn trink'? An Schluck Wein?"

Anna schüttelte verneinend den Kopf und bat um ein Glas Apfelsaft. Doch das Familienoberhaupt ließ nicht mit sich verhandeln. „Ach geh zu, a Schlückla schad nix." Er wies Sebastian an das Glas rüberzureichen.

Der Sohn gehorchte.

Der Vater füllte es mit Wein, sagte zuversichtlich: „Einen 80sten feiert man doch nur einmal. Machst halt nachher a bisserl langsam. Da, trink!"

Sebastian schob ihr den Wein hin.

Endlich trat Maria ein, ohne Schürze, und nahm Platz. Wie auf Kommando falteten alle die Hände und beteten: „Alle guten Gaben, alles, was wir haben, kommt oh Gott von dir – wir danken dir dafür." Jetzt sahen alle auf, reichten sich die Hände und sprachen: „Wir wünschen uns einen recht guten Appetit!" Die letzten Worte wurden von den Kindern, welche hinter Anna saßen mit einem fröhlichen Crescendo bedacht. Sebastians Hand war glitschig und er müffelte nach Schweiß. Anna rieb sich die feuchte Hand an ihrer Hose ab. Die ersten Teller füllte Maria, dann wurden die Suppenschüsseln weitergereicht. Sebastian zeigte darauf und fragte: „Die oder die?" Anna entschied sich für die klare Suppe. Nachdem alle hatten, griffen sie gleichzeitig zu den Löffeln und begannen zu essen. Schweigend. Anna wunderte sich und schwieg ebenfalls.

Nach dem ersten Gang räumten Maria und Sebastian alle Suppenteller ab. Um sie herum schwatzte man verhalten, bis die beiden wieder da waren. Maria begann die Hauptspeisen auf die Teller zu verteilen. Als sie bei Anna angelangt war, fragte sie freundlich: „Wass mogstn für a Fleisch?"

Anna war Vegetarierin, antwortete: „Bitte nur einen Kloß, Soße und Rotkohl."

Jakob hörte es und griff ein: „Geh zu Maria, tu ihr wenigstens a Hühnerbein aufn Teller. Ohne a Fleisch wird ma doch nix."

Maria warf ihm einen scheuen Blick zu, gehorchte.

Jakob schob hinterher: „Des is frisch vom Metzger."

Eben fragte Maria Sebastian, von welchem Fleisch er haben wollte. Der antwortete nicht, zeigte mit dem Finger auf die Platte mit dem Braten. Die Mutter verstand und tat ihm auf.

Alle griffen gleichzeitig nach Messer und Gabel und begannen wieder schweigend zu essen. Anna nahm sich vor, das Hühnerbein nachher mit der Serviette zuzudecken. Hoffentlich merkte das niemand. Außer den Geräuschen, die man beim Speisen machte, hörten alle, wie der Vater immer wieder mit abfallendem Ton seufzte. Ja, ja ja, ach ja.

Keiner reagierte.

Was sollte man darauf schon sagen? Ja ja ja, ach ja.

Anna fühlte sich längst unwohl, bereute, die Einladung angenommen zu haben, doch nun war es zu spät. Sie sah kurz hoch und nahm wahr, wie der Vater das Messer abschleckte. Beide Seiten. Anna sah, dass auch Maria hinguckte, aber die sagte nichts.

Anna dachte nach. Sebastian war als Jugendlicher attraktiv gewesen. Im Sommer, wenn er braungebrannt war, sah er beinahe aus wie Tommy Ohrner und die Mädels waren durchaus interessiert. Aber dann, jedes Mal wenn es ernst wurde, entschieden sie sich doch für andere Männer, und Sebastian blieb als einziges Christen-Kind unverheiratet. Inzwischen war sein Haar dünner geworden und sein einst durchtrainierter Körper müffelte unangenehm vor sich hin. Komisch, dass ihm das niemand sagte. Tat man das nicht in einer

Kiki T. Lee

Familie?

Anna ließ sich von Maria noch einen Kloß auftun, starrte auf ihren Teller.

Während sie aß, überlegte sie, ob das mit der Serviette klappen würde.

Maria würde das Hühnerbein in der Küche entdecken. Und Sebastian, falls er wieder beim Abräumen half. Egal – das Risiko ging sie ein.

Hauptsache, dem Vater würde es nicht auffallen.

Ja ja ja, ach ja ...

Plötzlich kitzelte sie etwas am Unterarm. Sie bemerkte eine Fruchtfliege und pustete dagegen. Doch das winzige Insekt blieb sitzen. Erst als sie mit der Hand ausholte und bereit war zuzuschlagen, ließen alle am Tisch das Besteck fallen und riefen laut: „STOPP!"

Anna erschrak fürchterlich. Sie schaute in bestürzte Gesichter. Die Fruchtfliege blieb stur auf ihrem Unterarm und der Vater befahl seiner Frau: „Hopp, geh zu, tu sa naus!"

Maria stand auf, alle guckten zu, näherte sich mit ihrer Serviette und sprach das winzige Insekt direkt an: „Na geh her." Sie schob das Mundtuch vorsichtig an das kleine Tierchen. Es hopste erstaunlicherweise regelrecht auf die Stoffecke und ließ sich von ihr aus dem Esszimmer befördern.

Zwei Minuten später kehrte Maria mit einem der jüngeren Enkelkinder zurück und sagte: „Setz dich wieder hi!" Dann nahm auch sie Platz, zerteilte ihren Kloß, goss Soße darüber.

Anna war nicht aufgefallen, dass noch jemand den Raum verlassen hatte.

Außerdem wusste sie gar nicht, dass Christens so tierlieb waren.

Immerhin traute sie sich ohne zu zögern aufs Grundstück, weil sie sicher sein konnte, nicht von einem Hund begrüßt zu werden. Als sie wieder aufsah, bemerkte sie, dass man sie mit verstohlenen Blicken beäugte.

Aber nicht nur das. Die Augen aller waren groß und kohlraben-schwarz geworden, mit einem grünbläulichem Schimmer darin. Sogar das Weiße hatte sich verdunkelt. Anna blinzelte, schüttelte sich kurz, schaute nochmal hin – alles wieder normal. Sicher hatte sie sich das nur eingebildet, aber sie spürte deutlich, dass sich die Stimmung verfinstert hatte. Am liebsten wäre sie aufgesprungen, hätte sich verabschiedet und schnell das Weite gesucht. Quatsch, beruhigte sie sich. Das ist eine alteingesessene Familie. Sogar der Pfarrer war gut mit ihnen befreundet.

Was sollte ihr hier schon passieren?

Ja ja ja, ach ja, seufzte der Vater erneut und sprach sie direkt an: „Willst du ned a mal heiratn?" Er zeigte mit der Gabel auf ihren Sitz-nachbarn und fuhr fort: „Schau, der Sebastian is Beamter. Ihr hättet a guats Leben. Geht halt a mal mitnander aus."

Anna warf Sebastian einen irritierten Blick zu. Der schwieg, lächelte sie schief an. Anna schaute zurück zum Vater, der weiteraß, als sei nichts gewesen. Maria zuckte hilflos mit den Schultern, nickte ihr kurz zu und der Vater seufzte wieder, ja ja ja, ach ja.

Obwohl sich Anna fest vorgenommen hatte, sich nach dem Haupt-gang zu verabschieden, klebte sie hilflos an ihrem Stuhl und ließ den letzten Gang über sich ergehen. Heiße Himbeeren mit Vanilleeis und Käsekuchen. Sie war einfach zu höflich, setzte sich selten durch. Und gegen den dominanten Gastgeber schon gar nicht. Dieser erhob das Glas, alle taten es ihm gleich und stießen auf ihn an. Sogar Anna, die sonst keinen Alkohol trank, nippte an ihrem Weinglas, stellte es ab und schob sich ein Stück Käsekuchen in den Mund, um den

Alkoholgeschmack zu überdecken. Für einen Augenblick war Leben in die Bude gekommen.

Jetzt aßen wieder alle schweigend und der Vater seufzte, ja ja ja, ach ja.

Pick, pick, pick ... Anna schaute zum Fenster. Draußen auf den Blumenkästen hatten sich mindestens zwanzig Amseln versammelt und hieben ihre Schnäbel gegen die Scheibe. Alle, die nahe genug daran saßen, wischten mit scheuchenden Handbewegungen dagegen. Ksch, ksch, ksch, weg da!

Der Vater lobte sie dafür und sagte: „Ned a mal in Ruh ess kann ma. Hopp Mutta, geh zu, tu unserm Gast noch a Stück Kuchn aufn Teller!"

Anna winkte ab.

Der Vater sagte: „Eins noch, Maria!"

Die Frau des Hauses erwiderte mutig: „Wenn sa doch ned moch."

Anna sprang ihr zur Seite, bekräftigte freundlich: „Ich bin ehrlich pappsatt.

Danke. Muss jetzt eh los."

Insgeheim hatte sie sich längst vorgenommen, dieses gastfreundliche, aber zutiefst merkwürdige Haus nie wieder zu betreten. Und wenn es der hundertste Geburtstag war! Sebastian tat ihr leid. Offensichtlich hatte er nichts zu melden. Sogar verheiraten wollte ihn der Vater. Zum Glück war das Thema vom Tisch.

Eben schob sie die letzten Krümel auf ihrem Teller zusammen. Aus den Augenwinkeln sah sie, dass sich die Hände, die Arme der Familienmitglieder allmählich dunkel färbten und schmaler wurden. Quatsch, dachte sie, kann ja nicht sein. Sie schaute kurz hoch. Da waren sie wieder. Die schwarzbläulich gefärbten Gitteraugen, die jetzt die oberen Drittel der Gesichter ausfüllten. Und wuchsen anstatt der Ohren nicht Fühler aus den Köpfen? Anna schluckte, konzentrierte sich auf ihren Teller. Ob man ihr etwas ins Essen oder in den Wein gemischt hatte?

Unsinn! Es war ein heißer Tag. Sie hatte heute Morgen ihren Hut vergessen und die Sonne hatte ihr unbarmherzig auf den Kopf geknallt.

Das war alles.

Mit einem Mal vernahm sie ein anschwellendes Summen. Zig Fruchtfliegen, mindestens fünf Bremsen, Bienen, ebensoviele Wespen und Hornissen schwirrten plötzlich um ihren Kopf. Sie versuchte sie wegzuscheuchen, schaute hilfesuchend zu Maria, die weiteraß, als sei nichts. Anna stupste Sebastian an, doch er reagierte nicht.

Draußen flatterten die Amseln angriffslustig gegen die Scheibe. Um sie herum hörte sie plopp, plopp, plopp und alle außer der Mutter und Sebastien verwandelten sich vor ihren ungläubigen Augen in riesige Insekten. Die stürzten sich pfeilschnell auf sie, stachen, bissen und saugten. Jetzt schrie Anna, schlug panisch um sich, doch ihre Hände trafen nicht, wurden wieder und wieder gestochen. Die Biester krochen ihr in den Ausschnitt, malträtierten ihre Brust, den Bauch und den Rücken.

Jetzt bereute Anna, nicht wenigstens die Schuhe angelassen zu haben.

Sogar durch die Socken hieben ihr die Monster die Spitzen in die Fußsohlen und das tat höllisch weh. Der heftige Schmerz, den ihr die vielen Stacheln und die Mundwerkzeuge zufügten, trieb ihr die Tränen in die Augen. Anna gab nicht auf, griff halb blind nach der Serviette und schlug weiter zu, während sie langsam vom Stuhl rutschte, um auf dem Boden Schutz zu suchen.

Kiki T. Lee

Der Vater war zur menschengroßen Hornisse mutiert, saß wuchtig auf seinem Platz und stachelte die Familie an. „Tüchtich, tüchtich, nur weiter so!"
Anna schlug mit einer Hand um sich, so gut sie konnte, rieb sich mit der anderen über die schmerzenden Stellen. Ihre Ohren brannten wie Feuer, die Wangen, die Nase und der Mund, der Hals, der Nacken, die Arme und die Hände waren knallrot geworden, als habe man Säure darüber gegossen. Dicke Hubbel wucherten aus sämtlichen Poren. Blut tropfte aus ihren Wunden und floss die Arme herab. Das Letzte, was Anna wahrnahm, war, dass Sebastian, der wortkarge Karpfen, mit tief gebeugtem Kopf, in aller Seelenruhe seinen Kuchen verspeiste. Und Maria, die aufstand, aus dem Zimmer flüchtete und die Türe hinter sich schloss.

–

Es lebten in Zeil ca. 800 Einwohner, nach den Hexenverfolgungen waren es lediglich 150 Personen.
(Quelle: Ludwig Leisentritt, Ohne Folter hätte es keine Hexen in Zeil gegeben. HAS, 18. 11. 2000)

Dieses Gedicht entstand in eben dieser Stadt. Es entstammt einer meiner Kurzgeschichten. Der Turm, von dem hier die Rede ist, heißt nach wie vor Hexenturm. Dort verwahrten sie die Hexen während des Prozess', bis zur Tötung.

Die Rache der Hexen

Kommt und lasst uns eifrig hexen
So's des Körpers Geist noch schafft
Bündeln unsre Kraft, trotz fasten
Dieser Fluch wird ewig auf euch lasten

Tränen sollen wie Fontänen
Aus euren kalten Augen schießen
Übles Wasser sollt ihr saufen
Für das warme Blut, das ich durch euch verlor

Niemand sich um eure Wunden kümmern
Stinkend lieget ihr bereit
Klagt und heult und schreit und wimmert
Sehnt Erlösung euch herbei

Kiki T. Lee

Eingepfercht auf kleinstem Raume
Wohlsein euch nicht mehr gegönnt
Verlassen und betrogen seid
Dann euer Herz wie unser letztes Feuer brennt

Unschuld, die ihr zu Hexerei gemacht
Aus Torheit, Habgier und Neid
Verfluchen wir jeden einzelnen Stein
Verfolgen euch in alle Ewigkeit

Bis der Turm in tausend Stücke bricht
Die sollt ihr mahlen und euch einverleiben
Knacken und knirschen wird's in euren Mäulern
Wie die Knochen – die ihr mir gebrochen

Keiner, der das Unglück von euch nehme
Müsst leiden, so wie ich es tu
Über die eigne Feigheit sollt ihr stürzen
In der Flamme der Boshaftigkeit verglühn

Hexen lasst uns weiter fluchen
Geben ja sonst keine Ruh
Wer Pech haben will, soll Pech bekommen
Wo doch ein jeder weiß, dass er das Falsche tu

Kommt und lasst uns eifrig hexen ...

–

Frau wehrt sich

Ich stehe im Urlaub am Buffet, gucke auf die Tomatensuppe und warte, bis ich dran bin. Nur ein fetter Typ steht hinter mir. Ich schaue ihn an, unsere Blicke haken sich ineinander, obgleich wir uns zutiefst unsympathisch finden.

Auf seinem T-Shirt steht:

Ein dicker Bauch ist ein Feinkostladen.

Ich überlege, ob ich sage: „Mein Onkel ist Chirurg. Sie haben keine Ahnung, wie übel es stinkt, wenn er einen Bauch öffnet und was für eine Schweinerei er dort vorfindet." Aber das lasse ich – nur weil ich höflich bin.

Unsere Blicke kleben immer noch aneinander. Plötzlich zuckt er und ändert seinen Gesichtsausdruck ruckartig auf: „Mann, bist du ne blöde Tussi."

Ich bin geschockt. So ein blöder Affe. Deswegen sage ich in breitestem Fränkisch: „Es geid a ra scho blöda Leud, gall?"

Er zeigt mir den Vogel.

Die Tussi ist jetzt dran, schöpft sich Suppe in die Schale und schließt den Deckel vor seiner Nase. Während sie sich Croutons aus der kleinen Schüssel nimmt, öffnet der Unsympath den Deckel, bedient sich, spechtet auf die leckeren Croutons. Die Tussi stößt unbeabsichtigt dagegen – Pech gehabt.

Der Typ glotzt sie vorwurfsvoll an.

Jetzt stellt sich die Tussi wirklich dämlich an. Ihre Suppenschüssel schwappt über, die Tomatensuppe ihm auf die nackten Füße in den Sandaletten.

Er ist ja ein richtiger Mann – jammert nicht.

Guckt jemand? Nö. Daher stößt sie nun versehentlich gegen den offenen Topf, mit der dampfenden Suppe, welche ihm an

Kiki T. Lee

beiden Beinen herunterfließt.
Er brüllt.
Drei Kellner eilen herbei.
Die Tussi zeigt auf die Sauerei auf dem Boden und sagt: „Oh dear, he ist so stupid!" Auf die Tomatensuppe verzichtet sie heute und schlendert gemütlich zum Salatbuffet.

Kiki T. LEE,

ehemals Sängerin, singt nun leiser, indem sie Romane und Kurzgeschichten in verschiedenen Genres schreibt. Neueste Veröffentlichung ist ihr Roman: **Pauschalurlaub**. Hier schlägt sie Verschwörungstheoretiker mit ihren eigenen Waffen. Sie erfindet, behauptet, toppt und garniert. Schräg - cool - einzigartig!

Richard Pfund

Knallpfeifen

Es begab sich, dass ein Praktikumschef wütend in seinen Elektrohandwerksbetrieb gestürmt kam. Zu mir, einem Praktikanten im Rollstuhl, der gerade die aktuellen Lieferscheine ins System eintrug.

Er schrie: „ Sie haben die Kabeldosen falsch in die Wand eingegipst, diese Knallpfeifen!" Er hielt an, sah mich an und ich sah fragend zurück, machte kehrt und ging ins Lager. Kam mit einer orangenen Kabeldose zurück und hielt sie an die Wand.

„Wie rum?"

Ich wedelte mit meinen Krallenhänden, bis Chefhände die Dose meiner Meinung nach richtig hielten.

Mein Chef schaute mich erstaunt an. Besah sich meine Hände: „ Die Welt ist offenbar auch eine! Sie haben Hände, aber kein Hirn, Du hast Hirn, aber", er tritt vor und versuchte mir die Dose in die Hand zu drücken.

Knallpfeifend fuhr sie nieder.

Richard Pfund

geb. 1994, sitzt seit der Geburt mit einer Infantilen Cerebral
Parese im Rollstuhl. Lebt seit 2023 in Baden-Baden. Im
Oktober 2022 erschien sein erster Kurzgeschichtenband:
„Hurra, ich bin da" im Geest Verlag. Er beteiligte sich an der
Anthologie 2023 „Maloche" der EDITION DORETTES
und ist auch im Internet unter https://www.pfund-web.de
vertreten.

Sabine-S. Rahe

Ausbruch

Er war in der Frühschicht eingeteilt, die morgens um 5.30 Uhr begann. An diesen Tagen stellte er den Wecker auf 3:45 Uhr. Verbissen arbeitete er seine Aufgaben im Laufe des Vormittags ab und da er gut in der Zeit lag, erledigte er noch einiges extra. Damit der Kollege, der ihn gestern bis zur letzten Minute festgehalten hatte, alles gut vorbereitet fand, hatte er bereits alle Behälter aufgefüllt, bevor dieser eintraf und auch den Übergabezettel mit den Arbeiten für dessen Spätschicht fertig geschrieben. Am Tag zuvor hatte der deutlich jüngere Kollege in der Übergabezeit am Rand gestanden, ihn bei seiner laufenden Tätigkeit unterbrochen und ihm Anweisung gegeben, etwas nachzufüllen, das leergelaufen war und dabei zugesehen, als er es und wie er es tat – ohne ihn zu unterstützen. Dieser Kollege hatte etwa drei Wochen zuvor das Team der Abteilung darüber informiert, dass er das Unternehmen binnen zwei Monaten verlassen würde. Dass er täglich früher kam, schrieb er regelmäßig auf, jedoch nicht, dass er in der Spätschicht jedesmal 20 Minuten früher ging, um seine Bahn zu erreichen, die nur stündlich fuhr.

Heute also, war alles geordnet und damit der junge Kollege ihn nicht wieder über die Maßen beschäftigen konnte, nahm er den Müllsack und verabschiedete sich mit den Worten, er würde heute früher gehen, da er gestern länger geblieben sei. Da trat der Jüngere an ihn heran und sagte: „Gestern warst Du ganz pünktlich. Du bist um 3 Minuten vor Dienstschluß gegangen." Er ärgerte sich sehr, denn er hatte auch gestern den Müllsack auf den Weg zum Umkleideraum mitgenommen

und sich erst dann umgezogen. So erwiderte er: „Die Um-
kleidezeit gehört zur Arbeitszeit, wenn Dienstkleidung
erforderlich ist." Der Kollege widersprach: „Das stimmt nicht."
Er sagte: „Doch – das ist die Rechtslage", drehte sich um,
ging und freute sich, dass er nicht eingeknickt war. Sein Verhalten schlug hohe Wellen. Der junge Kollege empörte und
beschwerte sich über ihn bei der Marktleitung und dem Abteilungsleiter, der an diesem Tag frei hatte und textete darüber
eine Nachricht an ihn. Es war sicher ein Fehler gewesen, so
provokativ zu handeln, er wollte sich aber auch nicht schika-
nieren lassen und hatte rot gesehen.

Nach dem Wochenende kam es zu einem Klärungsgespräch
mit dem Abteilungsleiter und der Marktleitung. Er gestand
ein, dass es ein Fehler gewesen sei, den Streit zu eskalieren und
wichtig für den guten Willen im Team zu sorgen. Er erklärte,
dass er von allen Teammitgliedern den Eindruck habe, am
Erfolg des Unternehmens zu arbeiten und niemand böswillig
gegen die Interessen des Arbeitgebers handele und sicherte
zu, künftig mit dem jungen Kollegen auskommen zu wollen,
um keinen Schaden zu verursachen. Das stellte den Chef
zufrieden. In dem Wissen, dass er ohnehin nicht mehr lange
mit dem Mitarbeiter zusammenarbeiten mußte, schraubte er
seinen Kontakt auf die Sachebene in der darauffolgenden Zeit
zurück, erledigte alle Pflichten übergewissenhaft und gewann
schließlich den Eindruck, dass die Rechnung des jungen Kollegen nicht aufgegangen war.
Doch er hatte sich getäuscht. Immer schikanöser behandelte
der Junge den Alten, bis er begriff, dass er dem Jüngeren ein-

fach bei seinen Plänen, mit der Geschäftsleitung um ein höheres Gehalt zu pokern im Weg stand, solange er den Platz des Jüngeren einnehmen konnte, weil er die Probzeit überstand.

Es gab also ein faustdickes Interesse, ihn aus dem Team zu entfernen. Die Geschäftsleitung sah sich den Kampf in aller Ruhe an, in der Hoffnung, dass es alle zu noch mehr Anstrengungen anspornen würde. Da dachte der Ältere an Brechts Matti und wußte, was zu tun sei, um dem mörderischen Schweinerennen zu entkommen. Mochten sich andere darum streiten, in den Salatschüsseln zu rühren. Bisher hatte sich jeder Jobverlust als eine Verbesserung herausgestellt. Zwar warf ihn die Ungerechtigkeit vorübergehend aus der Bahn, aber er würde die Rollen wechseln können, die Puntilas nicht

–

Gib einem Menschen Macht...

Gib einem Menschen Macht –
je dümmer er ist,
desto eher wird er sie mißbrauchen
und ehe Du Dich versiehst,
knallen die Pfeifen.

Sei nicht gekränkt,
sei nicht betrübt,
wenn Bosheit siegt.
Güte ist, wie Klugheit,
ein rares Gut.

Sabine-S. Rahe

Dass die Knallpfeifen-Spezies
sich meist in Gruppen scharrt,
um Risiken ihres dummdreisten Treibens
für sich zu vermeiden,
laß' Dich nicht an Dir und Deinem Verstand zweifeln.

Magst Du auch ein*e Rufer*in
in der Wüste sein,
sie werden, wenn es ihnen möglich ist,
ohnehin Dein Anliegen hintertreiben
und mißgünstig Ihr Un-Wesen treiben.
So höre auf Gottt,
geh' zeitig aus dem Kontakt
und wo ausweichen nicht möglich ist,
beantworte die Blödigkeit mit ausgesucht höflichem
Schweigen,
um Schaden möglichst weit von Dir fernzuhalten.

Sabine-Simmin Rahe

schreibt, seitdem die Lebenserfahrung sie im besten Hobbitalter ge-
streift hat und in die Abenteuer der realexistierenden Welt warf. Sie
veröffentlicht auf ihrem Blog „Die Dorettes" und mit der EDITION
DORETTES. Sie ist Gestalterin und Herausgeberin der Anthologien der EDITION DORETTES, die als Periodika seit 2022 jähr-
lich erscheinen („Zwergenland"- 2022, „Maloche" -2023 und nun
„Knallpfeifen"-2024) und beteiligt sich auch als Autorin daran.

Peer Scherenberg

Über den Umgang mit

Cahoos;

Tractatus Magnus
des
gelehrten und gerühmten

Magisters Scherenberg

zum Nutzen und zur Schadensabwehr
der gelehrten Welt gegen
die räuberischen und mörderischen Bestrebungen
der

Denkunfähigen.

Gegeben zu Berlin
am 25. Brumaire im Jahre
CCXXXII der Republik.

Peer Scherenberg

Wir haben schon in vorigen Abhandlungen eine Lehre zum
Denken gegeben. Es ist Uns jedoch nicht entgangen, daß, wie
erwartet, dieselbige eben von denen, die sie am meisten be-
nötigen, nicht ergriffen wurde. Seltsam; wer etwa Italienisch
lernen will, sucht sich einen Lehrer oder ein Buch, die ihn dies
lehren; wer aber dumm ist, sucht sich keinen Lehrer und kein
Buch. Die Denkunfähigkeit verhindert ihn, sein Nichtwissen
und somit seinen Bedarf zu erkennen. Hier sind Kinder besser
dran; sie erkennen viel eher, noch nicht Alles zu können und
zu wissen, während Erwachsenen es schwer fällt, dies einzu-
gestehen; zudem sind Kinder eher bereit zu lernen und sei
es gezwungen. Hier stoßen wir also in einer nichtabsolutisti-
schen Gesellschaft auf ein Problem; da diese selbstverständ-
lich davon ausgeht, liberal sein zu dürfen, als wenn Alle über
die Fähigkeiten verfügten, die sie doch erst lernen müssen,
namentlich die Denkfähigkeit. Der Absolutismus funktio-
niert auch ohne diese, ein liberales System nicht.
Es ist Uns diesmal nur gegeben, dieses Problem aufzuzeigen,
ohne Uns seiner Lösung zuwenden zu können; denn diesmal
haben Wir Uns vorgenommen eine handwerklich-technisch-
sachliche Sicherheitseinweisung zum Eigenschutz vor den
Yahoos dem gelehrten Leser zur Verfügung zu stellen.
Der gelehrte Leser kennt sie natürlich von der letzten Reise
des Swiftschen Gulliver als scheißeschmeißende, auf Bäumen
sitzende Halbaffen. Das ist allzu oft phänomenologisch auch
der Fall; in anderen Fälle tragen sie Anzüge und werfen mit
Scheiße.
Ein Yahoo ist eine Entität, die geistig unter das Niveau eines
Fünfjährigen zurückgefallen ist. Als Kind hatte sie einmal

Fähigkeiten, die darüber hinaus gingen; diese hat sie aber verloren. Ein Fünfjähriger ist lernfähig, er kann mit einfachsten Formen der Kritik umgehen, sogar Selbstkritik üben, er ist denkfähig. Alles dies kann das Yahoo nicht, es ist eine regredierte Fehlentwicklung, ein funktionaler Anenzephalus. Und es stellt die absolute Mehrheit überall. Wir leben in einer Welt von Yahoos und auf einen Denkfähigen treffen wir höchst selten. Daher die Freude und das augureische Lächeln, wenn wir einen bemerken. Yahoos können übrigens in gewissen Gebieten durchaus ihre Spezialisierung und ihre Fähigkeiten haben, insbesondere können sie Künstler sein. Zwar wird ihre Kunst durch die Denkunfähigkeit beeinträchtigt, aber immerhin, sie ist vorhanden. Außerdem können sie natürlich auch in einem beruflich eng umgrenzten Feld Fähigkeiten haben.

Wie die innere Entwicklung zum Yahoo verläuft, darein haben Wir keinen Einblick. Es wäre interessant, wenn man Tagebücher eines Yahoos zur Untersuchung darüber hätte, was in diesen Tieren innerlich vorgeht. Man könnte diese Vorgänge dann analysieren, ihr Verhalten besser verstehen und die Abwehr optimieren. Allerdings hat man Uns gesagt, Wir sollten da nicht weiter suchen, da wäre nichts vorhanden. Das ist zumindestens wahrscheinlich so.

Es ist jedenfalls eine Tatsache, daß das Yahoo geistig nicht existent ist, also ist es ein rein materielles Tier. Ein Fleischklops, der irgendwo durch die Gegend rollt und irgendwelche Gefühle hat, wie andere Tierarten auch. Aber wir können nicht geistig mit ihm kommunizieren, denn es kann nicht

denken und uns daher nicht verstehen. Um eine geistige
Kommunikation zu etablieren braucht man aber Zwei und
das Yahoo kann es nicht, somit kann keine geistige Kommunikation stattfinden. Was bleibt dann noch übrig? Die
Kommunikation über das Gefühl. Yahoos sind ihrem Gefühlsleben hilflos ausgesetzt, da sie kein Korrektiv im Denken
finden können; daher ist ihr Gefühlsleben wirr, haltlos,
ohne Ordnung und chaotisch. Sie werden eine Sache lieben,
kurz danach dann wieder hassen aufgrund kleinster äußerer
Affizierungen, über die ein gelernter Stoiker mühelos hinweg-
gehen würde. Mühelos kann man ein Yahoo über die An-
sprache über das Gefühl erfreuen oder gegen sich aufbringen.
Es ist also ganz so, wie bei einem Baby. Und mit einem Baby
fangen wir kein geistiges Gespräch an. Umso weniger sollten
wir es mit einem Yahoo, da es ungleich gefährlicher als ein
Baby ist.

Wie ist das Verhältnis zwischen Denkunfähigkeit und
Dummheit? Dummheit ist das Ergebnis fortgesetzter und
dauerhafter Denkunfähigkeit. Sie ergibt sich unmittelbar
aus der Denkunfähigkeit und nimmt zu, je länger der letzte
Denkvorgang her ist, sollte überhaupt jemals einer stattge-
funden haben.

Auf keinen Fall sollte man versuchen, Yahoos zu belehren
oder zu bessern, sie sind über diesen Punkt hinaus, als sie sich
in früher Jugend zum Yahoo ausbildeten. Hier hat es Jesus
Sirach auf den Punkt gebracht:

Wer einen Toren belehrt, leimt Scherben zusammen, er sucht
einen Schlafenden aus tiefem Schlummer zu wecken. Wer mit
einem Toren redet, redet einen Schlafenden an; schließlich fragt

dieser: Was ist denn? Über einen Toten weine, denn das Lebens-
licht erlosch ihm; über einen Toren weine, denn die Einsicht
erlosch ihm. Weniger weine über einen Toten, denn er ruht aus;
das schlechte Leben des Toren ist schlimmer als der Tod. Die
Trauer um den Toten währt sieben Tage, die um den Toren und
Ruchlosen alle Tage seines Lebens. Mit einem Unvernünftigen
mach nicht viele Worte und geh nicht mit einem Schwein! Hüte
dich vor ihm, damit du dich nicht zu ärgern brauchst und nicht
besudelt wirst, wenn es sich schüttelt. Geh ihm aus dem Weg und
du wirst Ruhe finden und keinen Verdruß haben mit seinem
Unverstand. Sir 22,9- 22,13

Ein Freund von mir pflückte Äpfel, als er 18 war, wofür er
bezahlt wurde. Ein anderer junger Mann sollte die Leiter
festhalten. Das tat er nicht und mein Freund fiel herunter.
Er verletzte sich die Hüfte und brach sich mehrere Knochen.
Mehrere erfolglose Operationen folgten, die die körperliche
Lage immer weiter verschlechterten. Heute, viele Jahrzehnte
später, ist sein ganzer Körper wegen ungleicher Bänder ver-
dreht und er hat permanent Schmerzen. Er kann keine ruhige
dauerhaft schmerzfreie Position finden. Seine Gesundheit und
damit auch sein Leben wurden ruiniert durch eine Dummheit
eines Dummen.
Dies ist nur ein relevantes Beispiel wie gefährlich die
Dummen nicht nur für sich selbst, sondern auch für andere
sind. Sie können ihren eigenen Vorteil nicht erkennen und
auch nicht den anderer, sie können auch die Nachteile nicht
erkennen. Daher ist ihre Handlungsweise erratisch und völlig
unvorhersehbar.

Yahoos sind auch nicht gut oder böse. Denn um zu solchen
Kategorien zu kommen, um überhaupt nur eine Vorstellung
davon zu entwickeln oder sogar um dieses Konzept abzu-
lehnen muß man ja erst denken. Das können die Yahoos
nicht, diese ganze Sphäre ist für sie nicht greifbar, selbst wenn
sie es meinen oder sagen. Man merkt das an zwei Dingen:
Ihre Vorstellungen sind übernommen und wenn es darauf
an kommt, halten sie sich nicht daran. Es ist für sie bedeu-
tungslos, nur sie selbst und ihr eigenes Wohlbefinden ist für
sie wichtig. Da sie das aber auch niemals erreichen können
befinden sie sich in einer permanenten inneren Kreiselbewe-
gung ohne Ziel und Inhalt. Wie ein an den Mast gefesselter
Seemann, dem der Kopf abgeschlagen wurde und der somit
den Kurs nicht mehr bestimmen kann.

Das heißt aber nicht, daß Yahoos keine bösen Absichten
haben; die haben sie, ebenso wie auch gute. Und es gibt Ge-
legenheiten, wenn sie Macht haben, daß sie diese umsetzen
können; in der Regel können sie es nicht, da sie denkunfähig
sind. Es ist keine innere Klarheit in ihnen und sie sind zu einer
dauerhaften Ausführung unfähig, weshalb auch die Untersuchung, ob sie gute oder böse Absichten haben, entfallen kann.
Erstens wissen sie das selber nicht und Zweitens können sie
es selten umsetzen. Wir können es also bei einer phänomeno-
logischen Betrachtung belassen.

Für die Gesellschaft stellt sich ein unlösbares Problem, wenn
zu viele Denkunfähige darin befinden, sie sogar die Mehrheit bilden. Gleich, welche Maßnahme man treffen wird,

um dies zu kompensieren, dieselbe wird gleichfalls durch die Präsenz und den Einfluß der Denkunfähigen behindert oder unwirksam gemacht. Jedoch der negative Einfluß der Denkunfähigen wird nicht unwirksam gemacht, er bleibt bestehen. Diesem Problem hat sich die Philosophie, soweit ich sehe, noch nicht in ausreichendem Maße gründlich zugewandt. Dies zu leisten ist hier auch nicht Unsere gestellte Aufgabe, sondern, Wir wollen aufzeigen, wie sich das Individuum gegenüber den Yahoos verhalten muß.

Es muß sich so verhalten, weil die Vernunft selbst ihm diesen Befehl gibt. Es gibt Verhältnisse, in denen gibt es nur einen klaren, vernünftigen Weg und der Umgang mit Yahoos ist eines davon.

Folgende Maßnahme ist unerläßlich: Wir geben sie mit Begründung und Ausführungsbestimmungen.
Jeder freiwillige nähere persönliche Umgang mit Yahoos ist verboten.

Grund/Reason/Raison: Ein näherer persönlicher Umgang kommt einem freundschaftlichen Verhältnis nahe, ein solches kann sich aber niemals lange halten und dasselbige endet immer mit einem Nachteil für beide. Zudem ist es Zeitverschwendung, man hat nur Zeit für Vernünftige. Jede Zeitverschwendung an Yahoos hält einen davon ab.
Ausführungsbestimmungen: Die Meisten von uns können nicht vermeiden, mit Yahoos unfreiwillig in Kontakt oder Verkehr zu treten; insbesondere bei Angestelltenverhältnissen, in der Schule, beim Militär ist das der Fall. In diesen Fällen

sollte man Yahoos besonders höflich und zuvorkommend behandeln; höflicher als Denkende. Man soll den Kontakt aber in jeder Hinsicht formell, oberflächlich und unverbindlich halten und sich die Yahoos so möglichst weit vom Leib halten. Sie werden irgendwann merken, daß man eine persönliche Beziehung nicht zuläßt und im besten Fall von einem ablassen. Diskussionen, Streit usw. soll man vermeiden und zu umgehen suchen, wo immer man kann; aber man kann nicht immer. In letzterem Fall ist es gut, andere dabei vorangehen zu lassen sich in einer fruchtlosen Diskussion mit einem Unverständigen aufzureiben; das erspart es einem, es selber zu tun und vielleicht treibt es den Yahoo ein wenig zurück. Im gesellschaftlichen Leben kann man ähnlich vorgehen. Es ist nicht gut, den Yahoo direkt vor den Kopf zu stoßen und ihm zu sagen, daß man nichts mit ihm zu tun haben will; die äußerste Höflichkeit bei gleichzeitiger Kälte erfüllt denselben Zweck viel besser. Der Yahoo wird Schwierigkeiten haben, Aversionen gegen einen zu entwickeln. Wir behandeln ihn wie einen Hinderniskegel, der im Weg steht; wir umgehen ihn elegant und wünschen ihm auch noch einen guten Tag. Privat ist die Sache wie sie sein soll: Der Kontakt kommt hier gar nicht mehr in Frage. Das betrifft auch Yahoos, die man aus Beruf und Gesellschaft kennt und dort zuvorkommend behandelt. Wenn man erkennt, daß jemand denkunfähig ist und dafür gibt es ganz einfache Tests, muß man ihn sofort in den Müllcontainer werfen. Denn er ist Giftmüll. Am besten ist es, das Yahoo identifiziert sich selbst, das kommt manchmal vor; man muß es als glückliche Fügung sofort nutzen und es wegtreten lassen. (Hier einige Signalements zur Erkennung.

Peer Scherenberg

Der Proband hat Meinungen, kann sie aber nicht begründen
oder er reagiert übel und mit Beleidigungen oder Gegen-
kritik auf Kritik oder er kann die einfachsten Dinge nicht
verstehen, die ein Fünfjähriger verstehen würde oder er hält
sich für einen Experten auf einem Gebiet, auf dem er absolut
keine Ahnung hat. Der Katalog kann sicher noch erweitert
werden, aber dies sind relevante Beispiele von Exemplaren, die
Wir auf der freien Wildbahn erlegt haben und die dem Leser
verständlich machen, worum es geht. Ich selber habe zahlreichen Exemplaren, die ich wegtreten ließ, übrigens mitgeteilt,
wenn sie das Denken gelernt hätten, dürften sie sich wieder
bei mir melden. Das hat keiner von ihnen getan und keiner
hat, soweit mir bekannt ist, das Denken gelernt. Es ist dies
eine Sache, die nur in der Jugend geschieht, nachher werden
die Leute unbelehrbar und lernen daher nicht dazu. Das
Denken ist lehrbar, da jedoch Denkschulen fehlen, muß man
es sich für gewöhnlich überwiegend selbst beibringen, was nur
wenigen gelingt. Zumal es eine lebenslange beständige Arbeit
ist, das ist nicht beliebt. Wer reißt sich schon um den Beruf
des Kohlenträgers? und der Beruf des Denkers ist derselbe im
geistigen Bereich. Nur viel lohnender und körperlich nicht
gesundheitsschädlich, im Gegenteil das Gehirn optimiert sich
selbst dabei immer mehr.

Folgende Sätze möchte ich noch als Warnregeln festhalten
und besonders herausheben. Man kann die Gefährlichkeit
eines Yahoos nie unterschätzen! Yahoos sind die gefähr-
lichsten Tiere der Welt, denn rationale Personen kann man
anhand ihrer Ziele einschätzen, Yahoos nicht, sie schaden sich

auch selbst. Ich danke meinem verehrten Kollegen Cipolla, der dies vor mir so treffend herausgearbeitet hat.

Man soll niemals Mitleid mit den Yahoos haben, sie verdienen keins! Sie sind es, die uns und der ganzen Welt schaden, wir sind die Opfer und bedienen uns nur er Notwehr, wenn wir sie fernhalten, was das mildeste und gnädigste Mittel gegen ihre Streiche ist.

Schließlich und ich schließe mich hier wieder Cipolla an, kann man nie die Zahl der Yahoos überschätzen und stets wird man immer wieder unangenehm überrascht werden, daß ein vermeintlich Vernünftiger sich doch als Yahoo identi-fiziert.

Wir leben auf dem Planeten der Affen! Und es sind besonders bösartige, niederträchtige, dumme, grausame, heimtückische Affen. Damit müssen wir uns abfinden und entsprechend handeln. Traue niemals einem Yahoo!

–

Peer von Scherenberg
Als letzter Abkömmling eines märkischen Uradelsgeschlechts wurde Peer von Scherenberg 1833 in Peine an der Fuhse geboren. Nach kurzer Studienzeit in Bamberg, München, Münster und Hannover entdeckte der erhabene Magister 1858 beim Schwimmen im Rhein den Xantener Knaben und schickte ihn nach Berlin. Bei archäo-logischen Arbeiten in Ägypten fand er die Büste der Nofretete. Vom Khediven zum Vizegouverneur des Sudan ernannt, widmete er sich

Peer Scherenberg

neben der Ausarbeitung der Geschichte des Universums primär der
Abschaffung der Sklaverei und der Zurückdrängung der Truppen des
Mahdi. Bei der Verteidigung Kartums vom Speer eines Derwischs in
die Brust getroffen fiel er 1885

—

Sonia und der Heiratsschwindler

I.

Sonia war Verkäuferin. Sie war glücklich in ihrem Beruf.
Denn Sonia sah nur glückliche Menschen in ihrem Laden. Sie
arbeitete in einem Geschäft für Brautmoden. Mal kam Mutter
mit Tochter, mal kommen zwei Freundinnen, die sich für Taft
und Seide, Spitze und Schleier interessierten. Die zwei, drei
Kleider anprobierten, eines schöner als das andere, und dann
doch verzweifelten, dass hier eine Passe nicht richtig saß, oder
dort der Abnäher, hier unbedingt ein Hütchen dazugehörte
und dort eine Haarspange, auf alle Fälle ein Schleier. Ach,
Schleier, dieser ist doch etwas zu blickdicht, der zu grob in
Masche. Sie konnten sich nicht entscheiden, probieren etwas
ganz anderes. „Vielleicht ein Apricot statt Weiß oder
ein zartes Rosa", schlug Sonia dann vor. Doch die beiden
kamen wieder auf das erste Kleid zurück: „Ich würde es ja
nehmen, aber die Passe." – „Das können wir ändern.
Wir haben eine Schneiderei im Haus. Schauen sie, wie viel
man dort auslassen kann." – „Ich weiß nicht - " Und die
Kundin wusste wirklich nicht. Weil das Kleid auf
magische Weise ihr Kleid sein sollte, zwar massengefertigt,
trotzdem individuell zugeschnitten, sozusagen persönlich für
sie gefertigt. Wie auch der Bräutigam für sie gemacht war,
ganz speziell, dass sie ihn nur noch zu finden, und nichts
nachgebessert werden musste. Dann noch einen Blick auf den
Kleiderständer, noch einmal jedes Kleid einzeln angeschaut,
und da war es. Das Kleid. Ihr Kleid. Sie probierte es an,
Mutter oder Freundin stiegen die Tränen in die Augen („Bist
duschön!" – egal, ob sie dick oder mager war, volles oder

67

schütteres Haar hatte, flach oder dickbusig war). Dazu dann noch ein kurzer Blick auf das Preisschild ("Oh!"),
aber was soll's. Man heiratete nur einmal (?) und es sollte der schönste Tag im Leben der Frau sein(?). Schließlich die Frage, ob es ihm gefallen würde, ihm, dem Bräutigam, und die Freundin/Mutter antwortete: "Sonst hat er dich nicht verdient."
Sonia seufzte und die beiden verließen den Laden, und Sonia fragte sich: "Warum lerne ich keinen Mann kennen?"

II.

Sonia hätte gern einen Mann. Sie hatte auch mal einen. Aber der ging nach Südafrika. Sie hatte einen Zweiten. Aber der heiratete ihre Freundin. (Er: "Ich komme mir vor wie ein Schwein. Aber es hat uns getroffen wie ein Blitz. Entschuldige.") Sie hatte einen Dritten, aber der war schon verheiratet. (Genau genommen war es ihr zweiter: "Ich habe einen schrecklichen Fehler gemacht. Verzeih mir bitte.") und dann hatte sie noch einen, aber nur kurz.
"Der will doch nur eine Aufenthaltsgenehmigung," hatte ihre neue Freundin gesagt.
Die Freundschaft zu ihrer Alten war zu der Zeit zerbrochen, denn die hatte spitzgekriegt, dass ihr Mann wieder mit Sonia, seiner Ex, rummachte: "Wenn ich gewusst hätte, dass du so bist wie du bist – mir den Mann wegnehmen zu wollen. Ich dachte, wir wären Freundinnen!" Seitdem war Sonia allein. Und 38 Jahre alt. Und fragte sich, weshalb sie keinen Mann mehr kennenlernte. War sie so unattraktiv? So hässlich? War sie zu alt?

Tatsache war, sie stand jeden Tag 10 Stunden im Laden.
Und dort kamen Mütter und Töchter rein, Freundinnen mit
Freundinnen. Aber nie mit Freund. Oder Verlobten. Oder
Bräutigam. Mit dessen Brüder, Freunde, Kollegen. Oder wie
man das sonst nennt, was man zum Eheführen brauchte.
Sonia fühlte sich allein.

III.
Eine neue Lieferung war gekommen. Die Inhaberin des Ge-
schäfts (schon wieder eine
Frau) hatte so viel Vertrauen in ihre langjährige Mitarbeiterin,
dass Sonia die neuen
Kleider allein in Empfang nehmen durfte. Denn die Inhaberin
war verhindert. Seit
drei Monaten schon lebte sie in ihrem Häuschen auf Korsika,
wo die Männer – zugegeben, manchmal auch durch kleine
Geschenke angeregt – aufmerksam und heißblütig waren.
Sonia stand hinter der Verkaufstheke und addierte lange
Zahlenkolonnen. „Ohne Taschenrechner. Man muss doch
etwas machen, um im Kopf wach zu bleiben,“ hatte sie eines
Tages zu ihrer Freundin gesagt. Der Alten, die inzwischen
geschieden und reumütig zu Sonia zurückgekehrt war: „Ich
verzeih dir. Er war das Schwein.“ Dann hatte sie staunend zu-
geschaut, wie Sonia die Zahlen, wie jetzt auch, paarweise
passend zusammensuchte. Die 36 und die 64 zum Beispiel.
100. Oder die 73 und die 77. 150. Nicht so schön, aber mit
der 18 und der 32 zusammen 200. Die 19 und die 71. 90.
Die 22 und die 18. Dabei dachte Sonia an all die Pärchen,
die so glücklich miteinander gewesen waren. Ihre Großeltern

beispielsweise. Mütterlicherseits. Oder ihre Großeltern väter-
licherseits. Oder berühmte Pärchen. Heinrich VIII – nee.
Dann Blaubart und – auch nicht. Aber als sie die zusammen-
gefassten Zahlen wieder vereinigte (90 und 40, na ja), dachte
sie an ihre Eltern. Genau in diesem Moment wünschte sie sich
ein Kind. Nichts als ein Kind. Und einen richtigen Mann, der
da war für sie und auf den sie sich verlassen konnte, der sie ver-
sorgte (sie würde schon mitarbeiten, sie hat ja ihren Beruf),
aber hauptsächlich ein Kind. Ihr Kind.
Da fiel ihr Blick auf ein besonderes Brautkleid. Puffärmel,
spitzenbesetztes Dekolleté und ein Hütchen – was für ein
zauberhaftes Hütchen. Schmale, hochgebogene Krempe und
ein Kniff, in dem man beim Aufsetzen seinen Finger legen
konnte. Sissy hätte so ein Hütchen beim Ausreiten tragen
können. Ob sie wohl das Kleid einmal anprobieren konnte –
und schon drehte sie sich in einem Traum aus Tüll und Spitze
vor dem Spiegel. Und ahnte nicht, dass sie draußen auf der
Straße einem Passanten weiß machte, sie sei die Braut. Und
reich. Sehr reich.

IV.
Der Heiratsschwindler hatte einen Blick für Brautkleider.
Dutzende von Katalogen
hatte er mit seinen sitzengelassenen Bräuten durchgeblättert.
Kürzlich erst. Und wenn sie dann mit Freundin, Schwester
oder Mutter loszog („Der Bräutigam soll die
Braut doch vor der Hochzeit nicht im Brautkleid sehen. Das
bringt Unglück.") ihr Wissen über Raffung, Rock, Schleppe
und Korsage in die Praxis umzusetzen. („Nein, nicht du.

Das zahlt Papa." Oder auch: „Du bist so lieb, so lieb, so lieb. Womit habe ich dich nur verdient?") wurde es für ihn Zeit. Geld in Sicherheit bringen, Konto kündigen, (man will es sich ja schließlich nicht mit den Banken verderben) Koffer packen.

Und dann diese Frau. Angejahrt, verträumter Blick. Seine Spezialität. Aber etwas stimmte nicht. Wo war Mutter? (tot?), Schwester (Einzelkind?), Freundin? Wieso allein, woher die Trauer im Blick? Das Kleid allein kostete eineinhalb Sekretärinnengehälter. Lohnte es noch, an den Start zu gehen? Wenn sie nur nicht –doch! Hochgeschaut und rot geworden. Knallrot sogar. Dass es in seinen Ohren klingelte.

Wo war die Sonne, der Frühlingswind, der Straßenlärm? Wieso hatten sich die Passanten in Kleiderständer verwandelt? Es war, als wäre der Heiratsschwindler durch einen langen, tief unter Wasser liegenden, schwarzen Tunnel geschwommen.

Jetzt staunte er beim Auftauchen über all das weiß der Kleider um sich herum und die Frau vor sich, die wie aus der Luft herausgeschnitten schön war in ihrem Brautkleid mit dem kessen Hütchen und all den anderen kleinen Dingen wie das Leben selbst. Und die leise Hintergrundmusik, die sich wie ein feiner Sommerduft über die Kleiderständer und die Ladentheke legte und selbst durch die Umkleidekabinen und die halboffene Tür mit der Aufschrift „Privat" nicht zu verschwinden drohte. Dann kehrten Überlegung und Verstand in den Heiratsschwindler zurück. Er realisierte, dass er den Laden betreten hatte. Phase eins des Programms (ohne Programm

konnte er, der von ihnen lebte, mit Frauen nicht
reden. Er hielt sich für im Grunde seines Herzens schüctern.)
hatte begonnen.

„Hallo." – „Guten Tag." – „Ich. Ich musste-" – „Ja, ich weiß."
„Wollte nicht
aufdringlich sein." – „Nicht im Geringsten." „Nur, dieses
Kleid-" – „Wunderschön." –
„Diese Schleier aus Brüssler Spitze am Hütchen. Die sagt:
schau zu mir, aber sieh mich nicht an." – „Wie poetisch." –
„Ich, ihr Verlobter muss ein sehr glücklicher Mann
sein." (Wieso schaute sie jetzt weg?) – „Müsste, ja." – „Müsste?
Höre ich richtig?
Tatsächlich: Müsste? Darf ich-" „Hoffen?" – „Sie zum Essen
einladen?"

V.

Die Kosten eines Heiratsschwindlers. Wie bei allen Unternehmen setzen sie sich zusammen aus festen Kosten (Körper-
pflege, Fitness und Friseur, Kleidung von sportlich-leger bis
festlich, zweimal im Jahr ein Wellness-Wochenende) und
projektgebundenen Kosten. Eine repräsentative Wohnung,
diverse Restaurant- und Theaterbesuche, Taxen, Blumen
und kleine Geschenke, eine Kurzreise. Wenn der Heirats-
schwindel-Unternehmer die Kosten geringer hält als die
schlussendlich realisierten Einnahmen, hat er seinen Schnitt
gemacht. Anderenfalls – es kann nicht immer alles klappen.
Im Detail musste der Heiratsschwindler taxieren. Am selben
Abend im Restaurant.

Zum Aperitif „Frühlingszauber", also Holunder auf Sekt,
dann die Menüempfehlung:
„Auf Haut gebratenen Dahmezander. Sehr aromatisch.
Vorweg – kein Fleisch? Oder, sehr lecker, Beelitzer Spargel
gewickelt in Serranoschinken und einer Soße aus – Ist
auch Fleisch? Verstehe. Entschuldige bitte. Dann den Blatt-
salat? Sehr frisch hier. Und sehr gut. Dann als Finale – ja,
französisch. Käse. Oder die pikante Marmelade?
Beides nicht zu verachten. Dazu, natürlich Weißwein. Doch
nicht rot zum Fisch. Ich würde sagen, einen Gondorfer Gäns.
Ich kenne das Weingut, bin vorletztes Jahr mal dort gewesen.
Die Reben wachsen auf grauem Devonschiefer. Sehr aromatisch. Ja, der 2007er." Währenddessen addierte die andere
Hirnhälfte linear: Zwei, fünf, sieben, acht – Fuffzig im Sinn
– zwölf, fünfzehn- die Fuffzig aus dem Sinn und die achtzig
jetzt, macht einsdreißig dazu - siebenundzwanzig plus noch
mal zwölf ist sieben sechzig weniger gegenüber dem Teu-
ersten. Trotzdem war sie zufrieden.
Dann schaute er auf sie, sein Projekt. Langes Kostüm, Bluse,
Schuhe. Insbesondere die Schuhe. Wenn schon manche
Frau bei der Kleidung gemogelt hatte („Liebe, liebe, liebste
Freundin. Er ist so süß. So intelligent. Und interessant. Total
interessant! Und sieht auch noch gut aus. Leih mir doch bitte
das Dunkelblaue. Ja, das Gute. Ich geb's hinterher auch in die
Reinigung. Versprochen. Fest versprochen.
Ja?") bleibt sie sich bei den Schuhen treu: „Nein danke, die
drücken so. Ich laufe mir damit Blasen."
Schuhe. Ein Sechstel ihres geschätzten Verkäuferinnen-Lohns.
Kleidung? Knapp über ein Drittel. Friseur, Maniküre und

der Rest, noch mal ein Zwölftel. Macht mehr als die Hälfte ihres Monatseinkommens allein für diesen einen Abend. Und ergibt einen geschätzten Sparstrumpf von einem Jahresgehalt. Falles es Zuwendungen Mutter gibt, etwas darüber. Das rechtfertigt das Risiko einer Investition ins Dessert. Das reicht sogar, sich Zeit zu lassen. Für alles Weitere.

Tiefer Blick in die Augen. „Ich bin kein Mann für-" – „eine Nacht. Ich weiß." Seine Finger auf ihrer Hand. Wie damals, vor 20 Jahren. Bei der Frau, die er hätte heiraten sollen. Qua Normlebenslauf. Dann Kinder. Damals hatte er noch die Wahl. Was wäre er jetzt? Bankangestellter, Buchhalter? Beamter? Im Standesamt? Aber mit Chef, und der hat Forderungen: „Formulieren sie mir doch schnell meine Worte für die Trauung heute Nachmittag um. Sie wissen, der Sohn des Sägewerkbesitzers mit der Tochter des Landrates."– „Wenn du glänzen willst, schreibe gefälligst dein eigenes Zeug." Gedankenverloren hatten die Finger des Heiratsschwindlers aufgehört, Sonias zu streicheln: „Ich war verheiratet. Sie ist gestorben." (Na ja. Nicht ganz gelogen.

Nachdem er das Konto dieser Frau geplündert hatte, hatte sie ihn angebrüllt: „Für mich bist du gestorben. Hörst du? Tot. Und jetzt raus hier." Aber von einer Anzeige abgesehen.)

Sonja lächelte. Und streichelte auch. Der tote Zander schaute zu und wurde verspeist. Das Dessert wurde übersprungen und die Finger trafen sich zum Espresso wieder. Entlang der Handgelenke. Arminnenseite bis zum Ellenbogen rauf.

Sonja:

„Ich möchte-" – „Eine Familie? Ein volles, lautes Haus?" - „Auch." „Einen Mann?" –

„Nun ja." Lächeln. Strahlende Augen. Er: „Gern. Aber ich-"
– „Ja?" – „Denke noch viel an meine Frau." „Man muss auch
mal was wagen." „Lass uns zahlen und (verdammt, nicht genug
Bares. Dann die Kreditkarte.) gehen."

VI.

Die kleine blaue Tablette wirkte Wunder. Und Sonia war
weniger schüchtern als gedacht. Wenn er sagte, zieh das Bein
an (wenn er sich mit ihr drehen wollte), zog
sie das richtige Bein an. Dann saß sie oben und als er genug
hatte und meinte, lass uns was anderes versuchen, drehte sie
ihm nicht gehorsam, sondern neugierig ihr Hinterteil zu. Als
er dann die andere Öffnung probieren wollte, sagte sie: „Nein,
das tut weh." Und als er schließlich – sie hatte ihn tief in sich
hineingesogen – in ihr kam, fragte er, weshalb sie nicht auf ein
Kondom bestanden hätte. Sonja: „Ich habe so lange auf dich
gewartet."

VII.

„Männer haben Angst," sagte Sonjas alt-neue Freundin. „Bleib
bei der Geschichte vom Verlobten. Und sage auf keinen Fall,
ihr hättet euch getrennt. Und schon gar nicht, dass ihr wegen
ihm auseinandergegangen wärt. Männer haben zwar nichts
gegen Seitensprünge. Aber nur, wenn sie sie machen." Sonja
nickte. Und als sie sich drei Tage später – wie lang war ihr die
Zeit erschienen - mit dem Heiratsschwindler traf: „Ich habe
meine Verlobung gelöst." – „Wegen mir?" „Ja." Kurzes Nicken
und gespanntes Suchen nach Mikroreaktionen. Blinzeln,
Pupillen nach links verschoben, verzogene Mundwinkel. Aber

da war nichts. Gar nichts. Seine verkrampfte Hand
steckte in der Hosentasche.

VIII.

Sonia war glücklich. Seit drei Monaten schon. Immer wieder
sprach sie mit ihrer Freundin. „Er ist so süß, so aufmerksam.
Und treu. Bei ihm fühle ich mich so sicher.
Er ist -" der Mann ihres Lebens? Derjenige, den sie heiraten
wollte? Der Vater ihres Kindes? (Sie hätte zwar gern zwei oder
drei oder vier, aber in ihrem Alter sollte man es nicht übertreiben. Erst mal mit einem anfangen.)
Die Freundin war weniger glücklich. Sie war sogar noch ein
Jahr älter als Sonia, auch rundlicher. Sie wollte keine Kinder,
sondern einen Mann. Wenn möglich auch einen Süßen, einen
Netten, vielleicht sogar mit Witz. Aber auch die Freundin
wollte nicht übertreiben. Sie wusste, einen Traummann
bekam man, wenn man ihm ein Kind schenken konnte. Sonst
blieben sie nicht. Obwohl Väter auch nicht blieben. Sondern
mit der Freundin vögeln, der Nachbarin, der Kollegin, einer
zufälligen Bekanntschaft, einer Ex. Kurz, mit irgendwas, das
zwischen den Beinen nicht so aussah wie ein Mann. Und
selbst davon ließen sie sich nicht notgedrungen bremsen.
Aber der Neue ihrer Freundin war tatsächlich süß. Und waren
im Krieg und in der Liebe nicht alle Mittel erlaubt? Vom
Jemen, Kampfdrohnen und freigekämpften Handelswegen
nach Deutschland hatte die Freundin nur eine vage Vorstellung. Mit Shopping kannte sie sich besser aus. Und mit
Männern. Da hatte sie ganz klare Vorstellungen.
Sonia war misstrauisch geworden. Deren rundliches Gesicht

war noch rundlicher geworden und jetzt lächelte sie grundlos glücklich. Zudem hatte Sonias Kandidat (tatsächlich dachte sie nach den Monaten des Zusammenseins so vom Heiratsschwindler. Der Kandidat. Doch für was? Dauerfreund? Ehemann? Vater?)

Mittwochs nie Zeit. Weil er angeblich mit seinen Kollegen Sport machte. Badminton.

Aber weder hatte sie die angeblichen Kollegen auch nur einmal gesehen, noch lief er je mit einem Badmintonschläger herum. („Den kann man sich im Fitness-Center leihen." – „Ich kann ja mal mitkommen." „Ach, das ist nicht gut. Wir reden dort nur über Kollegenkram und so.") Dafür hatte ihre Freundin ihren Jour fixe fürs Kino („ist nicht so teuer wie am Wochenende. Und mir ist es egal, wann ich gehe. Zu Hause wartet ja niemand.") schon zum zweiten Mal abgesagt. Sollte sich die Geschichte wiederholen? Was sollte Sonia machen?

IX.

Sonias Freundin im Bett - kein Vergleich. Ohne große Worte hatte er ihr die Bluse aufgeknöpft und sie an der Hand ins Schlafzimmer geführt. Dort hatte er ihren BH aufgehakt und gewartet, dass sie ihm an die Hose ginge. Ging sie aber nicht. Also zog er sich aus, obwohl sein Glied noch schlaff war. Dann fasste er in ihre Hose, sie war bereits feucht. Nun wartete er, dass sie ihn anfasste. Aber sie fasste ihn nicht an. Er zog ihre Hose aus, sie machte die Beine breit, aber bei ihm passierte noch immer nichts. Irgendwann streichelte sie ihn. So vorsichtig, dass er erst nicht sicher war, ob sie ihn tatsächlich berührte. Er rieb an ihrem Knubbel herum und sie stöhnte.

Er rieb weiter und sie schrie. Er wollte sich die Ohren zu-
halten aber er rieb weiter.

Als sich bei ihm noch immer nichts tat, brüllte sie: „Mach
was!" Er rieb jetzt auch an sich herum („muss ich denn alles
allein machen?"), jetzt passierte tatsächlich etwas, und nach
dem dritten oder vierten Versuch steckte er endlich in ihr.
Der Rest war wie immer. Vor und zurück, vor und zurück. Er
wagte nicht, die Missionarsstellung zu ändern, und sie schrie,
dass er sich Ohrenstöpsel wünschte. Dann endlich fühlte er
sie kommen (zum ersten oder zweiten Mal? Ist auch egal),
dass er sich selbst auch einen Orgasmus erlaubte.

Er rollte von ihr runter und sehnte sich nach der Zigarette
hinterher. Aber seit einigen Jahren mochten das die Frauen
nicht mehr und er hatte sich das Rauchen abgewöhnt. Er
schaute an die Decke – hier musste auch mal renoviert
werden – und sagte: „Etwas schwierig, aber doch ganz nett."
Sie lächelte.

X.

„Es wird Zeit, die Beziehungen auszuwerten," dachte der Heiratsschwindler. Eine Überschlagsrechnung (Restaurant- und
Taxirechnungen, möblierte Drei-Zimmer-Wohnung, Lebens-
haltungskosten der vergangenen drei Monate, Risikorücklage
zur Überbrückung bis zum nächsten Projekt, Risikoaufschlag
für unvorhergesehene Probleme mit der Exekutive) hatten ihn
eine Zahl finden lassen. Und dazu die passende Geschichte:
"Mein Bruder wurde im Südsudan verhaftet. Als Spion. Weil
er Ölvorkommen gesucht hatte. Mittwoch soll er hingerichtet

werden. Und meine ganzen Ersparnisse gingen für Mutters Pflegeheim drauf." – „Wie brauchst du denn?"
– „Viel. Sehr viel. Du würdest drei Jahre dafür arbeiten. Und denke nicht mal daran.
Ich würde nie von dir Geld annehmen könn-" „Mach dir keine Gedanken. Ich muss nur ein paarmal telefonieren."
Der Heiratsschwindler lächelte. Und nahm Sonia besonders lieb in die Arme. Als er sie zehn Minuten später ins Bett trug und noch einmal so einfühlsam war wie beim allerersten Zusammensein, fragte sich Sonia, woher dieser Mann die neuen Schuhe hatte. Dafür hätte sie mindestens eine Woche arbeiten müssen.

XI.
Geliebte haben für Heiratsschwindler einen Vorteil. Mit ein und derselben Geschichte kann man ein Projekt gleich doppelt auswerten. Und die Geliebte, froh über den Mann: „Natürlich Liebster, ich helfe dir. Wir sind doch ein Paar. – wann stellst du mich deiner Mutter vor?" – „Bald, mein Herz. Sobald mein Bruder (den ich nicht habe) in Deutschland eingetroffen ist. Dann machen wir ein großes Fest. Nur meine Familie – und du." – „Weiß es Sonia schon?" – Wortloses Nicken und ein sensibel trauriges Schlucken. Dann Kuss, Bett (vor zurück. Vor zurück. Kommt die Alte denn nie? Vor zurück. Vor zurück. Ächtzächtz – na endlich.) Dusche, und das versprochene Onlinebanking. Dann ab die Post, Wohnung kündigen, den Mietwagen zurückgeben. Spuren verwischen. Und noch mal zu Sonia in den Laden, ob sie schon gezahlt hatte.

XII.

Sonia hatte nicht gezahlt. Sie hatte die Tür mit der Aufschrift „Privat" offenstehen lassen, als sie telefonierte. „Botschaft Sudan? – Kein Deutscher dort im Gefängnis?
Kein einziger? Auch nicht als Spion. – Sofern sie wissen. - Sie sind in der Regel gut unterrichtet? Verstehe. Nein, muss sich um ein Missverständnis handeln." Der Heiratsschwindler sah Sonias Befriedigung in der Bewegung, wie sie ihren Körper straffte. Das Wohlbehagen, recht gehabt zu haben. Aber da war noch etwas. Etwas, das ihm vollkommen fremd war. Das er gern ergründet hätte. Aber jetzt musste er gehen.

XIII.

Fünf Monate später kam der Brief. An seine Privatadresse geschickt. An seinen wirklichen Namen adressiert. Den, den er nie verwendete. Der Brief von einem Anwalt. Mit schnörkellosem Inhalt. „Sollten sie die Vaterschaft nicht anerkennen, werden wir beim Familiengericht die Anerkennung nebst zwangsweisem Vaterschaftstest beantragen." Der Heiratsschwindler ging zur Bank und richtete einen Dauerauftrag ein.

XIV.

„Was ist denn," fragte Sonia ihre alte Freundin. Die trauerte noch immer. Er sei ja so nett gewesen, so einfühlsam und erst der Sex – Aber das hatte die Freundin Sonia nie anvertraut. Sie wollte nicht, dass Sonia dachte, ihre Freundschaft beruhe nur auf der Hoffnung, ihr wieder einen Mann wegnehmen zu können. „Mein ganzes Geld, alles futsch. Dabei hatte ich

gedacht, ich hätte es krisensicher angelegt.
Zukunftsfähig. Und jetzt – ich bin vollkommen pleite." – „Ich
verstehe nichts von Geldangelegenheiten," antwortete Sonia
und strich sich über den geschwollenen Bauch. Sie lächelte
beim Gedanken, dass der Heiratsschwindler das erste Essen
per Kreditkarte gezahlt hatte.

Uwe Springfeld,

Journalist seit über 30 Jahren und für seine Podcasts mehrfach
ausgezeichnet (gesendet u.a. vom SWR). Er schreibt in seiner
Freizeit kurze, literarische Texte für Erwachsene und Kinder.
Die hier vorgestellte Geschichte ist davon nur ein Beispiel.
Ein Buch ist für Ende 2024 in Planung.

Tom Stephan

Der Egoist

Dazu nutze er jeden erdenklichen Grund,
rückte sich bei jeder Gelegenheit in den Mittelpunkt.

Jemand, der nur an sich denkt,
der das Geschehen und die Gespräche immer wieder auf sich
lenkt.

Selbstsüchtig,
dafür berühmt oder sogar berüchtigt.

So fragten sie ihn „was wäre, wenn es jeder so macht?"
Die Frage hatte er kommen sehen, sogar ein wenig gelacht,
und meinte „Wenn jeder an sich denkt, dann ist an jeden gedacht."

Tom Stephan

(*in Stuttgart) arbeitet als Künstler, Komponist und Autor.
Letzte Publikationen im #KKL Magazin, bei Sechzehn Seiten
und in poets of the new world. Mehr Informationen auf:
worksbytomstephan.com

Christian Wagner

— Knallen und Pfeifen —

Die beliebtesten
Sind meist nicht die
die es knallen lassen
Die aus Jux und Dollerei
auf offener Straße frei
ein Liedchen pfeifen.

Nicht die, die auffallen
wie sie sind
Die Mehrheit der Langweiligen
gibt stets den Takt
(und Tonart, Melodie,
kurzum: den ganzen großen Rahmen) vor —

Wer da ausschert gilt
als beknallt und verpfiffen
gleich bei allen,
denen das zu viel und auch
nicht langweilig
genug ist.

Doch ganz so ohne
Knallen und Pfeifen
wär's doch arg
still.

—

Für Erich Fried

HOMO AB ERRORIBUS NON DISCERE –

Das Zwanzigste Jahrhundert
stand in Hitlers Bann.
Dann kam das Einundzwanzigste.
— Nie hätten wir gedacht, das Neue
stünd' gleich unter einem
Dreigestirn.

(Exivit Lux.

Exeunt.)

Christian Wagner

studierte Musik, Germanistik und Sprachen in Mainz, Potsdam und Paris. Als professioneller Sänger arbeitet er in Europa und außerhalb. Der Stipendiat und Gewinner internationaler Wettbewerbe spricht und schreibt in mehreren Sprachen, und verdingt sich nebenbei als Dolmetscher. Seit seiner Jugend schreibend, beschäftigt er sich mit alten Formen und eher Experimentellem, beispielsweise Paul Éluard und E. E. Cummings, und schreibt stets aus einer queerfeministischen und antikapitalistischen Perspektive.

weitere Bücher der EDITION DORETTES

Die Taugenichtsin – Erzählungen, ISBN 9783759723628, 05|24
Metabolie – Alltagslyrik II, ISBN 9783758329302, 02|24
Maloche – **Die Anthologie** 2023, ISBN 9783758304392, 11|23
Zwergenland – **Lyrikanthologie**, ISBN 9783756856077, 10|22
Fragmente – Prosa, ISBN 9783755733515, 02|22
Prolog – Lyrik, ISBN 9783755756330, 12|21
Nachwendezeit – Gedichte 2019 -2020 als eBook im Online-Shop der Dorettes unter https://dorettes.de.

Spenden an „Die Dorettes" zur Unterstützung der künstlerischen Arbeit und zur Unterstützung der Finanzierung der Produktionsmittel können über die Website über den Spendenbutton überwiesen werden oder per Überweisung an

Sabine Rahe
Verwendungszweck: Spende „Die Dorettes"
Berliner Sparkasse
IBAN: DE28100500000640233694
BIC: BELADEBEXXX

Herzlichen Dank an die Förder:innen..